黄金明◎著

与父亲的战争

南方日报出版社
NANFANG DAILY PRESS
中国·广州

图书在版编目（CIP）数据

与父亲的战争 / 黄金明著. — 广州 ：南方日报出版社，2014.3
ISBN 978-7-5491-0937-1

Ⅰ. ①与… Ⅱ. ①黄… Ⅲ. ①散文集－中国－当代Ⅳ. ①I267

中国版本图书馆CIP数据核字(2014)第001965号

YU FUQIN DE ZHANZHENG
与父亲的战争 黄金明 著

出版发行：南方日报出版社
地　　址：广州市广州大道中289号
电　　话：（020）83000502
经　　销：全国新华书店
印　　刷：广州汉鼎印务有限公司
开　　本：787 mm×1092 mm　1/32
印　　张：7.25
字　　数：180千字
版　　次：2014年3月第1版
印　　次：2014年3月第1次印刷
定　　价：28.00元

投稿热线：（020）83000503　读者热线：（020）83000502

网址：http://www.nfdailypress.com/

目 录

凤凰村往事

人无法说清楚他的来路。这本来不复杂，但时间一长，就变得无法辨认了，像无人涉足的小径，迅即被荒草掩盖及尘土湮没。关于历史，我们能记得多少，又有多少靠得住呢。回溯乃至猜测自己的来路，却成了我无法拒绝的诱惑。以前，我没动过写村庄的念头。我迫不及待要写的是梦境出现的奇异之地、匪夷所思的事情，有一堆华而不实的词汇在等着描绘它们。

我发现自己对凤凰树一无所知。凤凰村（又名凤凰垌，垌，即田垌，田地，多用于地名，典型的粤方言）这三个字，是我最早学会的几个词汇之一。母亲津津乐道的是，我仅两岁时，就在舅公的考问下，完整地说出了包括县镇在内的复杂住址，从而赢得舅公手上的一个大苹果。但我对凤凰树说不出什么来。

二〇一一年三月，我打电话问父亲。父亲说："那是一种树木，可以长到二三十米，树皮粗糙，灰褐色，树形为广阔伞形，分杈多而舒展。在夏日开出密密匝匝的花朵，灿若红霞，在秋天结出镰刀状的荚果，在冬天叶落如雪。你小时候还能零星见到细小的凤凰树呀。"我全忘了。我在百度搜了一下，父亲说得虽粗略，大体特征还是说到了。

凤凰村开村逾三百年，全是黄姓人。一世祖从黄塘村搬来，由一人繁衍至两三千人。关于一世祖的事迹，我问过村中老人及翻阅族谱，多语焉不详。一世祖迁居此地时，漫山遍野皆是高大凤凰树，花香浓郁，鸟雀和鸣，五六座山丘首尾相接，呈螃蟹伏地之状，有蟹地（螃蟹善于繁殖，寓子孙繁多，故蟹地在风水上乃吉地）之称。

山边一条小河清澈见底，游鱼、彩石历历可见，宛若桃源。因凤凰树繁茂，又得蟹地繁衍，寓意大吉，村人遂定居此地，繁衍至今。解放前已逾千人，乃石湾水一带有数的几个大村落之一。能说清楚的祖先，就是三世祖应龙公了。应龙公育二子，一定周，一定邦。定邦公生子正瑞公，却又从母村搬出，从蟹地之顶搬到蛇地之坡，新开一小村，是为"子村"。所谓蛇地，乃指一山由北向南如蛇蜿蜒而来，那坡地恰如蛇舌掠出。

凤凰村全貌如蟹，子村地又恰似蟹钳。蟹钳乃蟹身上最有力之部位，故子村近百年间，人丁兴旺，出了不少人才。定邦公之子正瑞公从“蟹身”搬到“蟹钳”栖息，遂有子村子嗣绵延至今。他发迹的经过颇具传奇性，据说年轻时穷困艰辛，但为人仗义。某日他到石湾墟赶集，见算命先生李瞎子摊档倾覆于地，人趴在地上，口鼻流血，奄奄一息。竟是遭到街上流氓殴打勒索，瞎子拒不屈服。正瑞公心生恻隐，遂将瞎子背去问医，瞎子终究伤重不治。瞎子临终前跟正瑞公说，我是孤家寡人，跟你相识也是缘分一场。你至石湾河石拱桥下游三里处，有一棵大波萝蜜树，树心中空。你趁夜深时挖掘，休教人知晓，自有道理。正瑞公找到该处，发现藏了满满一包白银，怕有三二百两之多。

从此正瑞公售田娶妻，风生水起，膝下数子，子又生子，枝繁叶茂，又历“天”“如”“忠”“声”“大”五辈一百多年，传到我父大海，我是“振”字辈，也曾起个带“振”之名。下一辈是“文”字辈，往后又传有两至三代。目前搬离村庄的人十有八九，对辈分也不太讲究了。子村的小祠堂乃正瑞公时建筑，二十世纪八十年代重修，供正瑞公子孙祭祀先人，历年香火不断。

有喜欢谈论风水的好事者对凤凰村的地理津津乐道。除了名声在外的蟹地，该村东有一山门星岭如青龙，西有一山园山如白虎，白虎伤人，本非好事，却偏有一河相隔，就不同凡响了。这条小河从母村（算是村头）流到子村（村尾），共九曲十八弯，其著名者有长滩、荷包袋、米缸窝等，皆寓意吉祥，确实也带给村民诸多福祉。河中鱼虾蟹贝，异常丰茂。河湾芦苇遍生，两岸长满了高大盘曲的水蓊树，每到春季，满树繁花，香气缭绕，数里可闻。待秋日来临，树上水蓊果挂满枝头，清甜多汁，口感极好。水蓊树高大者二三人亦合抱不过，我父亲年轻时仍无人损坏，在大炼钢铁时被砍伐殆尽。当时被砍伐的村中巨木老树无数，计有樟树、白玉香、荔枝树、橄榄树等，不乏古树名木。余生也晚，与村中的水蓊树及凤凰树是无缘相识了。

这条小河没有名字，在地图上也不会标示。这是一切小河的命运。它太细小了，没资格被地理学家命名，而最终被另一条河流吞掉。它蜿蜒往东流下，在石湾汇入石湾河，再注入罗江。罗江是化州有数的大河之一，罗江在化州城区跟粤西境内最大的河流鉴江交汇并流入南海。

小河呈环状环抱着子村流过。子村坐落在一块长条状的斜坡上，屋舍错落有致，一条村巷由北向南，贯穿而过，直到江边。尽管子村有蛇地及蟹地或龟地之说，若航拍的话，我想更像一尾鲤鱼，层叠细密的灰瓦像鱼身的鳞片。鱼尾在长滩岸上摆动，鱼头伸至下游的荷包袋，正好对着鬼落山。我们家就在鱼头的部位上，子村当时唯一的甜井恰巧居于鱼眼的位置。不管地形像什么，当年正瑞公迁出母村而看中此地，肯定是因为河流。河流像一条透明而闪亮的玉带，从“鱼尾”贴着“鱼腹”流过，再从“鱼嘴”处流向下游的米缸窝，直往下游的石头垌及马园山流去，此地乃奇人黄应国所建的水碓遗址。

子村对岸一山有两翼，如鹰隼展翅，山名“鬼落”。子村有如长蛇吐舌咬鹰之势，鹰则伸翅扑翼。按风水师的说法，有蛇有鹰，方为好地。蛇无鹰不发威。所谓蛇地又有龟地之说。在白虎山作势欲奔之侧，旁边的鬼落山又往东北向探出一截来，状如毛笔，故又合“白虎叼笔”之说，寓书香缭绕，主出读书人。村人出过秀才。我高祖如拭公就中得廪生，做过化州的催粮官，负责粮食的催收与贮藏，曾置下不少物业，乃村中大户，所建的上下两进九间大宅仍惠及我祖父。我曾祖父是个私塾先生，粗通文墨。我二伯父于二十世纪六十年代考上省城的大学，曾轰动石湾水一带，现在北京工作，任某部师级军官，可能是村里官阶最高之人。二伯父儿子也是村中出生的，毕业于北京师范大学，后移居加拿大。我兄妹五人，有四人大学毕业。我当年考上大学，也被人称之为家有书种，即指二伯父考上大学之事。我以写作为生，还有不少人拿此景说事。近三十年来，村中还出过一些乡镇干部、中小学教师和包工头，据说亦有数人在县市机关任低级职务。

江水向东流，往下数百米，就相继是荷包袋及米缸窝了。江水再往下流去，西岸有一山名曰“马园”。马园山跟门星岭及蛇龙山相连接，堪称本村名山。山较高，站在山顶，极目远眺，可望至近十里开外，胸中开阔，神清气爽，一无障碍，略具王者气。其山势如骏马，山嘴如马低头饮水，有不少古人传说及遗迹。东岸有一山朝向村口，状如屏风，又如案台，主大吉。最奇妙的是，该山跟猪娘山一起，跟马园山相连接，而江水从中穿越流过，此为“神山交牙”。有的风水师夸张地说，这就有几分洞天福地的意思了。凤凰村人天性善良，世代安分，战乱时无人为匪或投军，甘于务农，后来出了个敢于作反的奇人黄应国，据说就是所谓的地灵人杰。这些都是关于凤凰村主要是子村的传闻，我不谙风水，不知其中究竟。

据闻这黄应国乃明末时人。其人身高体长，豹头环眼，声若洪钟，日吃斗米，膂力无穷，他又爱舞枪弄棍，在村人的讲述中，乃是张飞、鲁达一类的猛将。据说，他所用的锄头，重数十斤，开荒时一锄下去，山崩地裂，若掘进田里，锄头柄竖在那里，常人无法摇撼。他平时所用的棍棒亦如巨椽，有人将其弃置的旧棍棒劈开，可以制造寻常棍棒十二根。

明朝末年，民不聊生，官逼民反，南北义军蜂起。黄应国素怀大志，岂甘作池中物？他暗中招兵买马，冶炼兵器，只待时机成熟则举义旗。当时也有一两百人，啸聚于马园山密林深处，养马，练兵，并私铸铜钱。有个风水先生见马园地有王者气，慕名来投奔，愿为应国军师，共图大业。惜乎当时应国外出，先生受应国副手冷遇，竟怀恨在心，故意说："此马园山有王者气象，能出天子，可惜就差了那么一点。"副手忙问："却又差了啥？"先生答曰："此马园山风水奇佳，形如骏马，远望作势欲奔，近观作昂头嘶鸣状，气势非凡。只是可惜江流纤弱，应筑一土坝，将江水蓄积成库，此乃'蓄池养龙'之法，他日大事可成。龙腾飞上天之时，就是应国黄袍加身之日。"风水先生走后，副手以风水师计献应国。应国大喜，遂于马园山前筑土为坝，宽可走马，长逾数里，壮观异常，长滩至马园江段，宛若平湖，水面浩渺，果有汪洋之感。时至今日，仍留有土坝遗址，算是本村最雄伟的工程了。

谁知，这就种下了祸根。不久黄应国事败，部属被击溃，他在猪娘山旁侧的竹箕山挖了个地洞匿身。官兵无从侦察，却得邻村一老妪告发，官兵用长矛一路捅插过来，直至见血方才罢手。黄应国竟被乱矛插死在地洞中，石头田旁边的山岭仍有黄应国的白坟。后来风水师都爱说，马园山乃骏马腾飞之地，现在建了一条大坝，正如给马装上笼头和辔绳，马就被制服了，哪还能逐鹿中原？有人又说风水师实乃官府密探，故设此毒计。此事世代口耳相传，虽有遗迹可寻，但无半句文字为凭，顶多算是野史。有多少民间轰轰烈烈的豪杰壮举，就此于黄土中湮灭？

村庄多为丘陵，有三十多座大小山岭，无甚名山，但草木繁茂，鸟兽甚多，野果丰盛，为村民提供了不少柴火、木材、野物及果子，倒也亲切。山中又是墓地的候选之所，几乎每座山岭都有坟地。山脚每有坡地，栽种薯类、豆类及黄麻、甘蔗诸作物。两山之间的田垌，多是肥沃良田，水源充足，是种植水稻的最佳处。

村庄东南向，有一高山巍然耸起，山势起伏，数峰并峙，远眺之，该山呈青黛色，除了林木外，颇多花岗岩，此乃化邑名山中火嶂（嶂，在粤语中乃大山之意），连绵五六平方公里，主峰海拔近三百五十米。登山远望，东面大河如带，南面水天相接，西面烟波万顷，北面群山起伏。高山脚下分布着数十条村庄。中火嶂虽不属凤凰村，但村庄有各山环绕，一律向其俯首称臣，俨然是中火嶂余脉，诸方面对村庄影响甚巨。除了马园山等地，子村的重要山岭还有马自山，该山呈圆柱状耸起，雄伟如城堡，登高望远，神清气爽，松树、桉树密布，是为林业山。

村边的小河，有数条重要溪流陆续注入。在上游有一溪绕过土地庙，注入长滩。在村庄旁侧河段有三处溪流，一条经江竹垌流出，贴着鬼落山，注入过江埠下面的河湾（碑头）。子村北面村口处有一“裂坑”（粤语小溪流之意），从母村沿着门口垌流出，经荷包袋流入小河。在下游石头垌处，米缸窝下游两百米，一溪贴着猪娘山旁侧轰然流下，溪水汹涌。诸溪平时清澈平静，有鱼虾，每逢山洪骤发，罗江上的大鱼必经石湾河上溯产卵，鱼群密集。春水上涨之时，正乃捕鱼之良机。

子村重要的田垌有十余处，均为稻米丰产田，如牛洼、石头垌、紫薇坡、门口垌、石头田诸处。村中一老妪尝言，她刚嫁入凤凰村时，还能见到紫薇坡上有断垣残壁，原来是一个古村遗址，如今均为坡地覆盖，种以花生、大豆及蔬果诸物，往日村落情景，踪迹全无。我幼时见人在花生地挖出多个坛坛罐罐，据说是挖银来着，也不知挖到了没有，倒是糟蹋了一大片花生苗。牛洼及石头垌据说也曾有村子，百年前已湮灭无踪。村庄民居主要是泥砖屋，墙脚有几层火砖，就算不错了。屋顶盖以灰瓦或红瓦，装有几面明瓦以采光，门口两扇厚木门，墙上有木格子窗，台风袭时门窗易关闭。

重要的建筑物有大祠堂，在大跃进时代曾改为食堂；二十世纪七十年代拆除了一半，用砖石在长滩岸上建水轮机房，在水上筑一坝，蓄水碾米。在八十年代又改为乡村小学，我在此读了四年小学。后来坍塌又集资重建，至今仍在使用。土地庙在水轮机房对面。庙旁古木参天，也只有土地庙仍存几株巨木了。庙后曾有一处繁茂桑林。后来村民在祠堂旁侧建一文武庙，供奉诸神。水轮机房将河流拦腰砍断，淤泥堆积，乃破坏生态之罪魁祸首，投入使用不过数年，机器损坏，不堪再用。待八十年代初村庄通电后，改用电动磨具。如今机房夷为平地，生满杂草乱树，跟旁边的坡禾林连接在一起。黄栌山在河边，乃蟹地之一侧，坡上曾有泥房数间，供村集体做蚕桑屋搞副业之用，如今亦无踪影。在鬼落山跟猪娘山交界处，有一座先师庙。

子村在生产队时期，还建了若干座三级粪池，每座分为三级，首截以供拉撒，中部用来发酵粪肥，末端蓄积粪水，供浇淋庄稼。村子在长滩、过江埠及经鬼落山河床上，各有一座水泥桥梁，亦为村庄重要建筑。母村有数处碉楼，上设枪眼，供防盗防匪之用，已脱离子村范围，不去说它。戏台是重要舞台，逢年过节，上演木偶戏，偶尔亦演大戏（即粤剧）给神灵观赏，人神共乐。山上建有若干砖窑及石灰窑，乃村民烧制红砖及石灰之用，一律以木柴焚烧。

乡村的作物，主要是水稻、豆类、薯类及各式瓜果，偶尔也种植黄麻、甘蔗之类兼营经济。四季有社，做社时分猪肉，清明前后祭祖扫墓，一年有若干社日及节日。年例为最重大节庆，比除夕、春节及元宵还重要，届时家家户户大摆筵席，款待各路来宾。并有摆醮、游神等活动，后来亦添加演戏、舞狮及放电影等娱乐节目，乃粤西部分地区所独有。

祖父与祖母

听父亲讲述祖父与祖母，仿佛不是真实人物，而像是故事里的主角。一是年代久远，影像模糊，我素无记忆；二是离奇曲折，超越常态，让人叹息。祖父于一九四八年因饥饿辞世时，父亲才六岁。他有两个哥哥，一个妹妹，还有一个同母异父的姐姐。祖母以一人之力，将一窝幼儿拉扯成人，在艰难时世及弱肉强食的村庄，犹如羊入狼群，拼死捍卫着不多的田产及最低的尊严，其中屈辱及惊险之事甚多。父亲对此守口如瓶，说起祖母总是语带敬爱，眼眶潮湿，说祖母如何能干俭朴，持家有道，堪称伟大。幸好大伯父精明能干，十几岁已能干活挣钱，辅助祖母持家兴业。待二伯父考上大学，一家人扬眉吐气。

父亲很爱祖母。为了留存祖母的影像，以寄思念，父亲自学炭画，并为祖母造像，装在镜框里挂在厅堂上。我至今留有记忆，可惜画像已佚失。

他一直希望我能写一部祖母传，但我除了在二〇〇二年写过一首长诗《农妇陈高英的一生》，再无建树。在二〇〇二年，他索性亲自操刀，写了一部十多万字的书稿。他一发不可收，出现了持续八九年的写作井喷期，过了一把书写瘾。在他写下的三十多个笔记本约二百万字的东西中，我认为写祖母的最有价值，至少真实、朴素、动人，比那些“小说”更得我心。我还让三妹帮忙打字，整理成篇。

祖父辞世，使父亲的天空不再完整。这个巨大、幽深的缺陷和空洞，从此无法弥补，这对父亲性格的孕育有深刻而隐秘的影响。他失去了孩子通常都有的保护伞，在人世间所遭遇的种种风雨、唾沫及拳头，遂像冰雹或石头呼啸而来，直接砸于其身，使其体无完肤。他对祖母无限爱戴，但对祖父就无甚记忆，也甚少跟人提及。年少时的父亲，也像我少年时那样郁郁寡欢吧？这仅是我的猜想，看来不靠谱。他对屈辱的往昔闭口不谈，似乎不是沉淀成石头永坠心底，就是真的遗忘或蒸发了。我刻意追问，他也说不出什么特别受辱的事。他记忆力过人，对某些陈年往事历历在目，但又是一个健忘的人，老丢三落四。父亲谈不上忧愁，至少他对生活抱有激情，敏感而好奇，满脑子搞发明之类的奇思异想及种种做事的谋划。他曾沉迷于中医、堪舆、术数等等，并为此付出过巨大精力。他感兴趣的事情多着呢，十八岁时就立志以一己之力，要建筑一幢漂亮的房子，至今仍没有动工。至少，他不是一个悲观的人。他是这一个，而不是另一个，我说不出为什么。要强作解人是无谓的，只能说天地造化，天性使然。

在凤凰村，扫墓在清明节之前的数天内举行。这是村民祭祀祖先的方式。在扫墓之前一日，就得准备好挂纸、香烛、纸钱、鞭炮、“秆传”（稻草编织的麻花辫状粗大草绳，点燃了作火种）诸物，在凌晨早早备好肥鸡猪肉、茶酒果品及饭团。父亲和大伯父家各办一份，两户合扫私墓，装入箩筐，由大人挑着，“秆传火”由小孩拿着，一行人肩扛锄头，头戴草帽或打伞，向山头进发。祖父和祖母的坟墓相距不远，一在门星岭上，一在相连的蛇龙山（乃马园山的一部分）。那一次，我们在祖母的坟头多呆了一会儿。由于扫墓接近尾声，也就不着急，父亲和大伯父将祖母的坟墓铲扫一新。父亲用手去拔坟上的野芍药，他不想动用锄头，轻手轻脚地拔，唯恐惊动了祖母的魂灵。通常，人们对愈久远的祖先，扫墓（意识）愈显得淡薄。往上推算十代八代，没有几个人知道祖先是谁。

在父亲的讲述中，祖父黄高声是一个老实人。在我们乡下，“老实”一词，除了诚实和善良，还有怯懦和蠢笨之意。老实人的榆木脑袋就像显微镜一样，将众人的聪明放大了十倍百倍，所以人们爱拿他开涮，以示自己机灵。这种笑是嘲笑、嗤笑或取笑，总之他像一块盐巴，让大家的生活变得有点滋味。他不骗人，反常被别人骗。有一次，他用捉田鸡去卖换取的银元，买了一两海豹肉，据说海豹肉有延年益寿之功，也是为了孝敬老母之意。拿回来一看，发觉只不过是田鸡腿风干了掺上色料伪造的。可笑祖父捉了一辈子田鸡，如今八十老娘倒绷孩儿。他也不生气，反正田鸡也是从田垌捉来的，分文不花。

关于他脑筋不会转弯，有例为证：清明祭祖，村庄男女老幼全体出动，一干人等舞着醒狮，抬着猪头肥鸡，挑着香烛纸品，彩旗飘扬，浩浩荡荡，呈长蛇阵蜿蜒而行。祖先陵墓在遥远的高山上，要走半天，等来到山上，已是人困马乏，须在山坡掘地为炉，生火造饭。有人负责砍柴，有人负责炊事，祖父则负责挑水。但他在山路上一趔趄，将一对木桶摔破了，只好用绳子拴了两口中号铁锅，挂在扁担两头挑水上山。山路崎岖，他必须保持平衡，不敢稍有晃荡。那个样子，惊险万分，就像在耍杂技。众人在山上瞧见，哄堂大笑。祖父屏息静气，神情紧张，不敢稍有松懈。有人偏要拿他来取笑，说，庙祝说你大难不死，定生贵子，但你连老婆的一根毛也没见，拿什么来生儿子呀。这次，祖父忍不住了，咧嘴一笑，结果肩头一耸，两个半圆的铁锅哗啦一声，锅底倾翻，水泼了一地。

祖父在两岁时得了大病，四肢僵硬，呼吸停止，其父母以为他断了气，遂弃之于牛栏。谁知过了两夜，他竟从牛粪中奋力爬起，哇哇大哭，终于惊动了清晨路过的庙祝，捡回小命。该庙祝好捣弄阴阳五行之术，掐指一算，煞有介事地说，人死复活，能知阴阳事，日后定生贵子！

要生儿子，就先得找老婆。但祖父光棍一打就是三十六年，后来娶了邻村一个寡妇。别人不肯嫁给他，是因为他太老实，怕日后被人欺负。该寡妇偏看中这一点，认为老实才可靠。

该寡妇的前夫是个闻名四乡的木匠，雕龙刻凤，巧夺天工。其人聪明伶俐，风流成性，哄女人的心思之巧，尤胜于木雕，被镇上的妓女奉为金牌浪子，燕青再世。妇人头胎产下一女婴，第二胎临产时，烂醉如泥的木匠问她："是男是女？"得知第二胎也是女婴，他不禁泪水如泉涌："今生已无望……"不久，该木匠死于梅毒。

该妇人勤劳能干，却是性子刚烈，见夫家的竹林及坡地屡被人霸占，她拿起一把菜刀要拼死抢夺，但被祖父死死抱住，温言相劝："别人欺负我，总比我欺负别人好。"对方趾高气扬，捧腹大笑。妇人居然立马平静，脸色如常，放下菜刀，自去耕种。妇人性烈，却能主事。一次，祖父逮了家中小猪去石湾墟赶集，有个卖豆腐的有心谋他猪仔，挑着豆腐担在祖父身边挨挨擦擦。祖父一转身，那人手一松，一板豆腐就掉落于地，反诬祖父撞翻了豆腐，要他以小猪赔偿。祖父不依，那人扬言要饱以老拳，只望祖父屈服。妇人闻讯赶来，说："一担豆腐能值多少钱？赔你便是！难道还要打死人吗？"她站在那里，精明干练，三下五除二就将小猪低价卖出，再按时价赔钱给卖豆腐的，余钱仍有大半。卖豆腐的只好收钱悻然而去。

祖父生于一八九九年，死于一九四八年，享年四十九。他是被饿死的，在那个年代，饿死人不是新鲜事。

祖父有子在京师任某部师级军官，算是应了庙祝之言。

在父亲的讲述中，我的祖母陈高英，生于一九〇五年，化州黄田村人。她的父亲是哑巴，母亲是接生婆。她在十七岁出嫁，但跟爱情无关。一个乡村妇人适用于生育，但不适宜欢笑、沉醉和追忆。果园、清晨和泥墙，薄雾笼罩着少女的肩膀。她采摘着萝卜和白菜，这也许是少女时代的梦想。她从未目睹过幸福的模样，那片草地仿佛是虚空，那只蝴蝶仿佛是遗忘。从何时开始，她恐惧于照镜子和仰望星空，镜面聚集着春天的泥泞和风暴，星空拢乱了她的田垄和水池。

春去秋来，草枯草荣，一个乡村妇人重复着徒劳的耕种，瓜棚上的黄瓜仿佛是一个恶毒的诅咒——瓜与果——那些深藏着的种子苦涩如悲剧的味道。庭院在暮色中衰败，那注入木桶的雨水去年也曾经降落。不幸是如此夸张和稠密，仿佛这一切都不是真的。丈夫是邻村的王木匠，酗酒、嫖娼，并死于梅毒。不幸犹如影子伴随着她的一生，家婆开始了对她漫长而残忍的折磨，她犹如一件农具，像畜生一样干活。但从家婆手上得不到活命的粮食，她只好把大女儿卖给别人做童养媳，二女儿送给别人收养。大女儿年仅七岁，因饥饿难忍，摘食田野上的黄瓜而活活撑死。秋风吹过南方低矮的屋檐，井水荡漾，她的脸在水井中清晰地映现。她的脸是一场完美的悲剧，同样的泪水去年也曾流过，小路上的野草已经枯老，明年还会不会重复那绿色、柔软和清香？她决定在这个秋天改嫁，但厄运仍远未结束……

一九三五年，她嫁到了凤凰村。夫君黄高声，绰号“傻瓜”。他性格懦弱，受尽欺压，一生善良，与世无争。从一九三六年至一九四三年，她陆续生下三子一女。生育是乡村最神圣的事，村人从此对她刮目相看。她从地主手上租来田地，白天随着夫君耕种，晚上点起油灯织布，纺锤在不停地穿梭，纺织着晨曦、暮色和叹息。太阳每天都在升起，像一枚糖果在穷人的嘴里融化，她穿着灰旧的麻布衣服，在地上投下的身影，像黑鸟飞过了梦魇般的记忆。幸福是永远也不会发生的事情，草地上的脚步声，扩散着露珠的破碎和草根的苦味。晚霞仍在腐烂，她丧失了许多珍贵的东西：铁锹、果树和上午。

在乡村，蓝天无处不在，她的脸上却堆积着乌云。多少个傍晚，她从奔流不息的河水中，学会了忍耐和祈祷："愿土地神保佑我全家平安，五谷丰登，六畜兴旺……"

在遍地野花的故乡，她在落日下整理着谷垛；在鸟儿啁啾的清晨，她在山坡上挖掘着木薯。一个农妇跟土地搏斗，就是跟冷酷的命运搏斗。在饥饿的岁月，粮食总是显得不够，她带着孩子去摘野菜，捕捉一切可食的小生灵。

她养了一只鸡，然后用鸡换回了一只猪，把猪养大再换回一头牛。那则流传深远的民间故事，在她的手上魔术般变成了事实，她终于攒够了一笔钱。一九四七年，有人骗她说："你有钱了，最好去买地，钱会贬值，只有土地可靠。"于是，她不听丈夫的劝阻，买回十几亩地，结果缺吃少穿，饿死了丈夫，她悔之莫及，伤心欲绝。死亡是如此容易，活着却多么艰难，更大的灾难还在后头。一九四九年到了，她差点在土改中被划成地主。

风吹过村庄的侧面，水井反映着群星。那穿过记忆的井绳，像蛇咬了她一口。风吹过客厅和卧室，家具上的油漆在剥落。苦楝树开花了，灶头上的咸鱼和菜籽，散发出时光的味道。这个村庄，跟别的村庄没有什么两样。她遭受的屈辱，也是一个村庄的屈辱。但她的厄运像开花的竹子（在粤西乡下，传说竹子开花是一种不好的兆头），比别人的屋顶高出了一半。

一九二〇年，她的头脑只有泪水和噩梦。

一九四〇年，她的四肢只有疾病和劳动。

一九六〇年，她的胃里只有树皮和草根。

风吹过围墙和阡陌，草叶在倾斜并倒伏。果树在衰败并下坠，一生辛劳的农妇，在风暴中收拢细小的谷粒。千百年来，我看见她们，像尘土一样吹向地球的表面。她的手像一件农具，被汗水洗亮。她的脸是一幅中国农妇的肖像，忍受着命运的摧残和侮辱。不幸的事情习以为常，唯有幸福的事物突如其来……

大儿子穿州过府走南闯北，二儿子考取了省城的大学，小儿子长大成人娶妻生子。她松了一口气，她终于咬紧牙关完成了这一切。她嫁过两个丈夫，却无人跟她白头偕老；她生过六个孩子，却没花过儿孙的一分钱。她在晚年拾穗、种菜和养鹅，死后还留下不少谷物和禽畜。一九七六年，她在弥留之际，最放不下的是最有出息的儿子。她问我的父亲：“你是阿金吗?”“不是，他在北京。”“那你是谁呢?”“我是阿水。”……

祖母去世时我只有两岁。我没有想到会成为诗人，没有想过要写这篇文字。关于祖母的记忆，我能记得的不多。一是她用背带背着我去长滩处的水轮机房筛糠，她屈膝半蹲着，身体在筛糠中晃动，我也随之摇晃。一是她背着我在河滩上牧鹅。这于我是一个重要的事件，这是我第一次窥见河流并互相凝视。我以为河流在我看见它的同时也看见了我。二十年后，我不经意中跟母亲谈起了跟祖母去河滩牧鹅的经历，这让她深感惊讶。

祖母为了防止我从她的背上掉下来，使用了粤西乡间最常用的背带。这种背带是用较柔软的布料缝成的，通常绣着牡丹或秋海棠之类的大红花和“四季平安”之类的字样，还镶着精致的花边，它有四条长长的带子，恰好牢牢地束缚我的四肢。祖母的背上是人世间最温馨的庇护所，我会慢慢安静下来，心中滋长着说不出的情愫，它应和着缓慢的流水，无声无息，一刻不停。我忽视了祖母佝偻的脊背，我不知道我的身体对于老人来说是压迫。我看到一团灰黑的身影在一群白鹅之中笨拙地弯下腰去，弯下腰去。她在河滩上行走着，捡拾着浅水上的河蚬和河蚌，有时还能抓到一两只毛蟹。她穿着一双褐色的草鞋，它由“关草”编织而成，甚至不能在沙滩上留下完整的脚印。祖母置身于白色鹅群之中的景象，具有一种木刻版画的效果，多年来一直深刻地楔入我的记忆。

鹅弯下脖子吃草，跟祖母在河滩上低头捡蚌在本质上并无不同。但那时我无法理解草芽在鹅嘴中的营养和苦味，那些脆嫩的草叶通过鹅长长的喉咙，并转化为成长和行走的力量。据说家鹅的祖先是大雁，鹅也许一直没有放弃过飞翔，我无数次见过它们在河岸上扑打着翅膀并幻想它们会把我带到天上去。然而，我一次次受到了打击，并承受了鹅群深刻的沮丧。我的失望乃是十二只鹅失望的总和。我开始意识到一个人的局限和事物之间的相互牵制。

父亲的日常生活

父亲的悖论

父亲是什么样的人？我可以列举他之种种，诸如性格、经历、行为之类，但我无法以三言两语来概括或定义。他集合了种种悖论于一身，诸如怯懦与勇敢，软弱与倔强，坚持与放弃，执着与随意，温和与霸道，宽容与专制……他属于世上最伟大的父亲之列，但也使子女有父爱中不能承受之重。他是灵魂上罕见的干净之人，但也使我内心堆积阴影……这一切，使我试图去勾勒或捕捉他的形象时遭遇了困难。也许，父亲面对生活的百般难题时，以不变应万变，只是按照天性去做事。而种种印象只是我的感受，恐有偏见或误读。我只能撷取他在生活中的某些片断或事实，试图呈现他的一鳞半爪，而放弃了完整描述他的初衷。

我对父亲被人欺负的事很感兴趣，但他守口如瓶。我问得多了，父亲终于说了一件被人痛殴的事。当时他才十二岁，放学一回来，发现家里的一畦香芋被村里的恶人哈狗强抢。父亲见哈狗掘取芋头，不知天高地厚，遂上前去质问，结果被那厮按在田塍上毒打。那厮正值壮年，虎背熊腰，常在村中作威作福。这是父亲第一次尝到了成年人拳头的滋味，还不是最后一次。

多年来，村中欺凌及暗算父亲的人不少。父亲养成了一对火眼金睛，看人看事都很准。他由此悟到了在强敌环伺之下生存的方法，但也因恐惧而有了诸多禁忌，有的像基因那样遗传给了我。他敏感多疑，这来自血与火的现实。成年之后，他每遭欺负，只是闪避、退让及化解，从不对抗或复仇。让人惊奇的是，父亲没有恨过任何人，仿佛他内心素无伤痕。这甚至不是宽恕，因为他从未怨恨，好像那些事就像牛啃草一样自然，他碰巧是牛嘴边的草罢了。牛吃饱了总会离开，而草还得继续生长，开花，结籽。他好像从未被这个世界伤害过，他对自己的生活及其道路是满意的。他顽强地按照自己的意愿去生活，掌握了自己的命运，且将其意欲或理念强行灌输或自然渗透给了下一代。至少，他一生中最看重的几件事，经过汗水乃至血泪的浇灌，总算开花结果，并取得了堪称硕果的收成。他是往前看的人。他知足常乐。当然，他的紧张与放松、专制与宽容、中庸与偏执等等，亦由此而来。我很少看到像他这样敏感多疑而又身心放松的人，一点琐事就急得鸡飞狗跳，家人亦遭殃及；而一旦飓风过后，又静谧如沉睡的湖泊，一倒头即沉入梦乡。这岂非正是难以形容的“大海”的特征？神秘，暴躁，不可预知，反复无常，变幻莫测，犹如严酷的命运本身。父亲名讳“大海”，他的小名叫“阿水”，青年时曾起过“黄业”之名，除了现在的名字，他从来不重提旧名。我也是无意得知。我问他改名的缘由，他无可奉告。

父亲从十一二岁起，就开始独立去赚钱，为家庭出了不少力。而干农活、家务之类，在更早时已开始。迫于生计，他的读书梦一再破碎，在高小及初中时均几度辍学，但仍有幸于一九六三年初中毕业。说是读书，他没有几天在学校里，老师也懒得管他。他老在课堂上纠正老师讲错了的内容。他称得上聪颖过人，在文化学习上颇具天资，闻一知十，举一反三，虽然没怎么上学，功课却一门没有落下，始终名列前茅。他学历不高，却不妨碍他自学中医、堪舆、术数等等，像《周易》之类的天书，也能一钻就是几十年，谈起来天花乱坠。

在新安中学读书时，他经常逃学，忙着要到河溪捉鱼摸虾去石湾墟卖钱。到了十二三岁，他上山去挖木头烧炭卖。每天凌晨，他挑着满满一担木炭，跟大人摸黑走夜路去县城卖。在二十世纪五十年代，正值公社化，上头不准做买卖，如有抓获，必遭毒打或游街，对未成年人却常网开一面。卖炭也得偷偷摸摸的，以避开头头们。父亲说，走着，走着，天就慢慢光了，先是东方微微发白，继而彩霞满天，然后是通红如火球的太阳冉冉上升，天地间一片光明。他望着那些乌黑油亮的木炭，盘算着能卖一个好价钱呢。当太阳升上遍栽橘红树的赖家园山头时，他们已进入西城角，马上就能到目的地了。每趟得徒步五六个钟头，途中没怎么歇息。

有时也会下雨，黎明前的四野暗黑，雨水如鞭子抽打在身上，在旷野上也无法躲避，就算有火把也被浇熄了。我忘了雨水在暗夜中是否会闪亮，父亲说他是从触感和重力来感知雨水的。雨水顺着他的脸流入颈部，最终跟裤腿上溅起的泥水汇流成一片，头上的草帽越来越沉。让他感到雨水威力的是，肩头上的负担愈发沉重。那些蓄积着火焰的东西犹如黑夜的碎片，现在像棉花吸足了水，体积倒不见膨大。

父亲卖炭持续了好几年，这为他锻炼了长途徒步及挑担的能力。对于一个小农夫来说，这些技能不算次要。他后来也以不同的角色从事过挑夫的营生，譬如在二十世纪八十年代乡间大兴烧煤饼红砖时，就去帮雇主挑砖坯入窑。一九九二年前后，他为邻村一个做“薄箕炊”（一种以小薄箕作炊具的米制糕点，粤西名小吃）的老人家挑担，每天可得三元钱。

穷人的快乐

说父亲没有理想吧，他曾妄想过驾驶自己制造的飞机飞上天空，喜欢搞发明创造。要说他有追求吧，除了重视子女教育外，又没有什么建功立业的雄心，这倒符合他只有初中文化的农民身份。而他在生活理念上，以安全、无事、闲适为旨归，略有道家之风。他至今耿耿于怀的是，没有实现建房子的宏愿。他为此专门付出过二十多年的苦役，靠一己之力生产了不少红砖、木材，最终半途而废。他有几个重要的梦想，算是实现了。譬如我走出了村庄，不用再耕田。

父亲的人生大抵可分成三个阶段。一是成家之前，虽然贫困艰苦，倒也逍遥自在，祖母无力供他继续求学，亦多有管束，但他仍保持了天性中的善良、纯真及异想天开，故多有发明创造的尝试及冒险。每次关涉父亲的言说，我常有惘然之感，不是没话说，而是评价太困难。无论从哪一个维度去谈论，他都是一个矛盾体，充满了多面体式的抵牾，易有贴标签之嫌。二是一九六七年夏成家至一九九七年进城之前，是谓父亲的壮年期。他最重要的事就是将我们五兄妹陆续生下来，想方设法去养活，筹措学费。这段艰苦岁月，几乎榨干了父亲的血汗。三就是进城之后的生活。

父亲对二十岁之前的生活语焉不详。他青壮年时的日常生活较有代表性，虽日渐拮据，仍按部就班，不紧张，不焦虑，保持了向来的生活方式及心境。虽然免不了要借债为子女交学费，他也没有想过改变现状（当然，在走计生的那几年，倒是颠沛流离，居无定所），只要能活下去，家人不出问题，那就行了。他平时算不上勤奋，每天都睡到自然醒，往往是日上三竿了才起床。上午干一点活，在正午返回，在家午休，至傍晚四五点，待夕阳西下，温柔明亮的霞光遍洒大地，才再出门劳作，天黑之前务必回家。这在起早摸黑、像牛马一样劳作的村民来说，哪儿是做农事？简直就是锻炼身体，别人都像蚱蜢那样在地里疯狂地蹦跶呢。

父亲在劳作时犹如闲庭信步，大伯父看不惯，常斥责他，说他穷死、饿死是活该。大伯父一家人都很勤奋，家境也就不错，谷米满仓，番薯、芋头、豆类等堆积如山，还建了两次新房子。大伯父见我老在村巷或屋背山上闲逛，游手好闲，遂叫我拿一根树杈，带上畚箕去路巷、草地上捡畜粪，说猪粪牛粪都是宝呢，在粪池沤烂了下到田里，就能长出谷物和杂粮。我从来没有做过这项乡间孩子的日常功课。父亲对牛粪之类无动于衷。在视畜粪如宝的村人看来，我们的行为让人惘然不解。

大伯父对父亲恨铁不成钢，常加呵斥。母亲曾不经意地说起跟大伯父在漫天大雾中短兵相接的事，庶几能说明问题。

雾的颜色和形状，都具有某种轻盈性，如纱线，如牛乳，绵延不绝，丝丝缕缕，在流淌、滑动中越来越稠密、浓厚。它像梦虚幻而缥缈，却切实地遮挡我的视线。我们在清晨将通过过江埠的小桥到达田野，只能看到白色的小径以及路旁的草叶和叶尖的露水，而看不清前方的山野和田垌，树林和竹林的绿色枝叶也全被雾覆盖，只有一大团略显灰暗的白雾。我们像在云端里走，双脚仿佛踩在棉花里，有踏空的感觉。我跟父亲相距不过数尺，却彼此看不清面目。我们仿佛也由浓雾所构成，具有梦中人的特征和虚无感。连鸟的啼叫也显得飘忽和朦胧。它们的叫声和翅膀被雾水濡湿了。它们偶尔从耳畔飞过，甚至撞上我的额头，我能感觉到羽毛的轻盈打了折扣，显得磕磕碰碰。

我无法在浓雾中看清一只鸟的模样。一头牛、一座村庄及群山都被雾包裹得严严实实。雾遮天盖地，它仿佛是从河流升起并向山野扩散、上升、弥漫，最终取消了天与地的界线。天地万物都被笼罩于这一层乳白而黏稠的混沌之雾中。我回头去看村庄，只看到一大团白色的东西，视力无法穿透雾的包裹，而像糖融化于水那样消失于雾中。雾在涌动，逐渐将一个乡村的早晨变得朦胧、飘忽而像乳白色的夜晚。它跟夜色有个共同处，就是使人无法看清远处的事物。太阳越升越高，一开始它的光芒仍显无力、绵软，仿佛一个被囚禁于无数重磨砂玻璃中的银盆，在闪光，但几乎透不出一丝光线。阳光逐渐强盛，并在大雾中撕开了缺口。浓雾曾像坚不可摧的白色帷幕，如今被光线撕成碎布条，并在不断地、无穷尽地拆解下去，由碎布条变成了丝线，逐渐隐退于虚空中。雾越来越淡了。远处的田野山林露出了影影绰绰的轮廓，我们面前的道路方向明确，路面清晰，连路上的石子都看得清清楚楚。一只癞蛤蟆趴在路中央，在我的脚步踩落之前，灵敏地跳入了旁边的溪水中。雾被阳光一再驱散，如今只有山坳及河面上还有几团烟雾，飘荡着，转眼就要消失了。一场大雾的凝聚和飘散，并没有给田野带来实质性的改变，但它留给眼睛的震撼却难以平息。

母亲说起那次在雾中的遭遇，或者说只是话语的狭路相逢、声音的碰撞和狙击，犹如短兵相接，迸溅出火星及金刃劈空之声。

那是初秋的一个清晨，浓厚密实的雾如蚕茧笼罩着你，你只能看清脚下的道路，四周都是丝状缕状的无穷尽白影。世界是一道白色的、浮动着的帷幕。当你在移动时，那个茧子也跟随着你，世界也是一个巨茧，它只是那个无限大的茧子极细微的一部分。母亲只能听到脚步声——自己的脚步，还有前面及后头的脚步声——而看不到人。他们正从三队的晒坪沿着门星岭的山路往家里赶。他们为了抢着将队里堆积如山的稻穗脱粒，已搏斗了一个通宵。那些疲惫的脚步仿佛踩在棉花堆上。漫天大雾仿佛使声音变得弯曲和绵软，听来有深一脚浅一脚的感觉。一群人在雾或梦的沼泽中跋涉，他们仿佛在梦游。母亲累得张不开眼睛，她几乎睡着了，即使睡着了仍往家里赶路。我对这种经验并不陌生，我曾在暮晚挑一担柴草从山下小路回家去，我睡熟了，而双脚仍在机械而忠实地执行着走路的指令，直至掉进溪水中，才彻底苏醒。大雾既遮蔽了道路和桥梁，也掩盖了陷阱和坎坷。这给了母亲就算跌倒也会给浓雾阻挡的错觉。那些浓雾给她有一种网状防护栏之感。忽然，前面的一个声音如冰冷的火焰，灼痛了她：“阿水怎么还没死呢？眼看他差一粒米就死了，没想到又活过来了。”旁边有人搭讪，但母亲听不真切。她马上反击：“你死了他也不会死。”等她说完，才发现那是大伯父的声音。前面的人马上缄默了，只传来凌乱而慌张的步伐。

大伯父的本意并非是要诅咒父亲，更不是希望他有什么事，而是在表达一种憎恨。乡间的人，只有用“死”这字眼，才能表达出极端的程度。

大伯父和父亲争执及吵架很常见，但没有仇恨，连生活上的冲突都不多见，更没有什么分家产的争拗。祖上传下来的两张巨型长凳是有点价值之物。每张长三米，宽一米，纯是原木制成，说是凳，但在夏日坐着乘凉很舒服，不亚于木床。其中一张，中间被火烧出了蒲扇大的洞，仍坚硬无碍。大伯父分了那张完好的，没想到未及十年，已四脚动摇，瓦解于顷刻间，可能是朽坏了，或白蚁侵袭。而我家那张仍牢固如恒。父亲童年时常在那张有洞眼的巨凳上睡觉，很有感情。他们之间的憎厌与其说是现实层面的，毋宁说是心理上的，这种关系扭曲而迹近变态。大伯父一方面觉得父亲太愚傻，从心底瞧不起他，人又太懒，太悠闲，居然每天都睡懒觉，不像他们全家起早摸黑，该被活活饿死才对。父亲不仅没饿死，反而笑口常开，这就让大伯父看了不爽。大伯父是那种不苟言笑、正襟危坐的道德家，没什么文化，儒家那一套却与生俱来，整天板着脸孔，一副苦大仇深的样子。照他看来，父亲如此贫困，就应当拼死累活，哭丧着脸。他有什么资格轻松快活？父亲说，大伯父看他活得艰难时，心生恻隐，一旦缓过气来又看不惯。

父亲自由不羁，不按常规出牌的活法更接近于道家，这既是两个人的内在冲突，也是两种价值观必然的碰撞。当然，作为农民，他们也许连“儒道”都闻所未闻，更无法区分，但这些延续了两千多年的文化因子在血脉中流动。

大伯父很反感父亲那些离经叛道的言论，既荒诞不经，又唔癫不戆（粤语，看似疯癫又不是真疯），不是说他真做了什么对不住人的事，而是说话太刺耳或让人厌烦。最让他恼火的是父亲胆敢不跟随他的道路而有另外的生活方式。父亲童年时受其压制及支配，成年后终于能按自己的想法去生活了。

父亲的心气大着呢。他年轻时觉得自己才能过人，先是想着搞发明，名扬天下。后来又是学医及术数之类，觉得种田只是牛刀杀鸡，不费什么气力。那几分水田、几分旱地，也花不了他多少能量。除了繁忙的“双抢”那几天，我通常不用下地帮忙，像掘田、播种之类的重力活，亦用不着母亲帮忙。那些年，他将更多的时间及精力花在建房子的梦想上，譬如植树和烧砖，倘还有空暇，就把时间花在钻研故纸堆上，这也是他常遭人诟病之处。一个农民看书有啥用呢？父亲读书也不是为了娱乐（尽管他肯定从中得到了乐趣），而是为了解决问题，譬如破解命运趋利避害、学医防身等等。

无论从物质还是精神上的层面来说，父亲都称得上是寡欲之人。他活得很简单，不抽烟，不饮酒，不打牌。他不像大多数男人那样热衷于追逐权力、金钱及肉欲，既没有兴趣，也没有能力。他也不跟闲人扎堆侃大山，唾沫乱喷，讲是讲非。其他农民常见的娱乐及爱好，他都不热衷。他算不上禁欲，也无意于享乐，只是喜欢清静及单纯吧。但他爱睡懒觉，这又是农民之另类了。他不参与任何形式的赌博或打赌，平时更是谨小慎微，与世无争，不招惹麻烦。总之，以当时乡村流行的成功学（主要是赚钱）来衡量，父亲素无建树，亦无此心，更无能耐。他也许对成功有自己的理解，所以另有打算。这大多被我继承了。

论到搞机械、做发明，父亲说，他在凤凰村认第二，没人敢认第一。其实，他从来就没有成功研制过一项东西。父亲骨子里很好胜，又因胆小怕事而一再压抑，不敢轻易出头，但他也偶露峥嵘。尤其是村中大事，曾多次挺身而出，譬如去捍卫村集体的山林田地及在全县率先分田单干等。他也好辩论。母亲说，他曾跟村中一个懂打铁、箍桶、补锅等诸门手艺的汉子常就鼓捣发明而高谈阔论，比试高低，争吵得面红耳赤，务要占上风。父亲说话较拖沓，没有重点，也没有条理，但不输胆色，敢跟乡里或公社的头头们针锋相对，据理力争。“论到讲道理，我没见过有人能说得过你爸爸——”有族人跟我说。但没有几个人会重视父亲啰里啰嗦的迂腐之见。父亲一副衣衫邋遢的穷酸模样，已让人瞧不起，要扮酸秀才更是笑柄。他那些道德训诫般的长篇大论及让人三分的处世准则，均不合时宜。在弱肉强食的乡村，拳头堪称硬道理，权势就是通行证。

父亲的生活力求安全、稳定，平时是防守的、向内的、封闭的。他不撩事斗非，但总会遇到有人生事欺负，他亦是一味退让而求自保。只要能生存下来，尊严也好，损失也罢，在所不计。我读晚清史至李鸿章丧权辱国一节，总是想起父亲。谁不想遇到侵犯时反击？非不愿也，实不能也。父亲为了维护一家人周全，并无“血性”可言。

在平时，父亲虽然手头拮据，物质匮乏，倒也过得从容而悠闲，甚至称得上温馨和安逸。不能说他全无欲求，但常因目标太大而近于精神追求，所以也没有影响到其崇尚简单为原则的日常生活。他过于敏感，常惊恐于风吹草动，又能将内心的郁积一再清空，而得身心安宁。无论遇到什么困难，无论他当时如何紧张应对，但心里不会堆积什么而成为负担。这是我一直想拥有而不得的本事。不管从哪个维度或角度来看，父亲都是一个有血有肉的悖论。

父亲有时也嘴痒。但家里没有果树，更无钱买零食或小吃，平时身边可随手入嘴的东西，就是瓦埕里的花生豆种，他抓上一把，剥壳就吃。一瓦埕花生种，不过十来斤，没几天就矮了半截。母亲气得破口大骂。来年初春播种花生时，这些种子就是希望啊。母亲常警告孩子，千万不能偷豆种吃，否则种豆时没种子，就要抓去蹲豆坑。我们知道豆种之重要，来年的食油就着落在这些种子上，再嘴馋也不敢动手。父亲却不管。当然，这于寻常农人趁墟时，独自去吃一碟炒河粉，乃至打一角酒切一碟卤水猪耳朵享受来说，算不上什么。

谋生与借债

父亲在村庄的那些年，最发愁的就是一家人的吃饭问题。我们张开的嘴犹如深渊。母亲瞅着我们的空碗，唉声叹气，说大船载来也不够吃。这句话成了她的口头禅。

父亲通过一切可能的途径寻找粮食，开荒、打猎、捕鱼……吃是生活的主题，也是生活的全部。在农忙的那一阵，父亲辛勤劳作，他的身影在稻田、薯地或菜畦上像旗帜一样飘荡。农闲时节，他也想过打鸟捉蛙，潜伏在地，匍匐前进，窥伺在一切猎物的身旁。然而，由于过度垦殖，植被减少，森林被砍伐一空，野猪、黄獐等野兽仅停留在父亲过去的记忆中。他在山上转来转去，能打到一两只斑鸠就不错了。捕鱼倒是好办法，也更能体现父亲的浪漫想法和闲情逸致。父亲劈竹篾编织了一个鱼笼，该鱼笼构造精密，巧夺天工，只要放在溪水中，鱼儿就会随着流水游入鱼笼中，只能进而不能出。

后来，河水越来越脏，鱼虾越来越少，父亲也不再捕鱼，并禁止孩子去捉。父亲说河水脏了，鱼也有毒，吃了对身体不好。那时我不服气，说鱼在水里游来游去怎会有毒？有毒怎么不毒死自己？但父亲就是不松口。小河现在也断流了。

父亲幡然醒悟，还是土地实在。他决定将所有的精力都放在侍弄土地上，村里分的一亩多耕地，要养活七口人谈何容易！父亲每天踏着晨曦迈向山冈，锄头用坏了好几把，他终于开垦出十来亩山地，种上番薯、木薯、南瓜和棉豆诸物。由于土地贫瘠，没甚肥力，薯苗倒是茁壮，但收成甚差，薯实比指头大不了多少。沙葛还没长大，就常被别人偷挖，将皮剥掉而吞食，清甜如鸭梨。如果说那些绿油油的叶片，犹如父亲浪漫情怀的倒影，那么这些薯实就是残酷的现实。倒是南瓜、棉豆之类的蔬果收成不错。番薯叶、南瓜叶和豆荚叶，都是粤西乡间常见的蔬菜。有一段时间，南瓜是我家的主食。当回首往昔，我身边仿佛弥漫着一股南瓜的清香。

父亲去番薯地捡漏一事，彻底将自己推到了村庄最底层的人之列。他用锄头挑着畚箕，去掘收后的番薯地里翻番薯。曾经，每一株凋敝发黄的番薯藤下都连接着十几个大小不一的番薯，犹如穴居的小兽；又如中越边境埋过的地雷，无论如何清理，总会有漏网之鱼。父亲用锄头在地里翻挖，每有所得，薯实亦多残缺不全，但毕竟是可以果腹之物。捡漏在村庄是允许的，却是低贱之举，类似于捡破烂，接近于乞讨。父亲不会不知道，但为了将我们穷凶极恶的胃制伏，别无选择。父亲有时一直忙到天黑，在十数块薯地中挖掘、翻找，就像挖宝藏，才庶几装满畚箕底。这够我们吃上一两顿的了。

如果下过一场透雨，不用几天，地里就会拱出一些青黄色的薯秧及嫩芽，这仿佛是醒目的标记，每棵薯秧之下都有或大或小的番薯。那就省事得多了，一挖一个准。村中除了父亲，好像没听说过还有谁去薯地捡漏。我成年后返回村庄，有位老妪跟我重述往事，说："当年你阿爸在地里翻番薯才将你几兄妹养大，不容易呀。"捡漏仿佛是一纸证书，将我家盖上了村中最穷困家庭的印戳。

父亲没有经商之才。大伯父倒是种菜卖菜的好手，一干就是一辈子，并借此先后两度建过新居。自从五个孩子呱呱坠地，张口就要吃饭，伸手就要穿衣，生活日渐拮据。在分田单干之初，父亲曾谋划过不少小生意，如卖菜、卖竹器（如笊篱、竹扇、谷箩等）等，养鸡还花过大力气，但无一不以失败告终，倒是卖“薄箕炊”及河粉持续多年。父亲当时卖东西，全是自产自销，带有农业时代的典型特征，跟商品经济相去甚远。近年来，他在县城的农贸市场摆卖矿泉水、水果及日杂用品之类，算是跟现代商业略有关涉。

我很喜欢看父亲制作笊篱，偶尔也参与到笊齿的制作之中去。这是较精细的手工活。虽是另类之竹器编织，但因笊齿的制作，需要动用铁线箍及用火燎的方法使其弯钩保持稳定，整个过程很有趣。父亲先用刀将竹子剖成小指般粗细的青篾条，削掉篾白，先制成笊齿（弯拗成钩并固定之），一把笊篱由十多根笊齿构成，略呈扇形往外伸展，被父亲用细篾条密实地编织起来，而后装上长竹竿做成的长柄，遂大功告成。后来，父亲反其道而行之，先编织好笊篱本体，再一一拗弯诸篾端处而成笊齿，效率略有提高。

制作竹扇的前期工作跟织匾箕有相似处，都要砍竹削篾。织扇面多用靠近篾青处的篾白为材料，取其柔韧，有弹性，这对削篾片的技术要求很高，务要单薄而光滑，织成的竹扇才轻巧好用。父亲除了用小刀削篾，还用牙齿及手撕的方法，将薄篾片从修理过的竹条子上一片片撕下来，就像撕纸条似的，又用或红或蓝的墨水将部分篾片染色，编织成简单的图案。扇体织好之后，母亲将其四面裁剪，一是为了平整，二是为了美观，扇体呈寿桃形或心形，边缘缝以布片，最后装上竹柄，一把竹扇则告完工。

父亲干劲十足，对自己的竹编技艺相当满意，待攒了十来二十把，遂拿到石湾墟上摆售，拟卖三角钱一把。这也是蒲葵扇的市价，制作蒲葵扇更省劲，但你家里得有蒲葵树。在当时，竹扇算是新生事物，也从来没有大面积流行过。乡间人家不很接受，毕竟用惯了葵扇，至于折扇或纸扇更非农民之兴趣。过得几年，电风扇已大行其道。这次父亲的手艺不赖，用不同颜色的篾条在扇体上织出图案来，让我大开眼界。我也模仿过父亲织小扇子，但怎么也整不出图案。

那次，我跟着父亲去卖扇。父亲在路上许诺，说卖光了扇子，会花一角钱给我买小人书。但出师不利，守了半天没开市。我们守着摊子，犹如白鹤守干塘，因无人问津，父亲情绪渐趋低落。终于卖了一把扇。我俩差点饿昏了，生意难做，眼见天色渐晚，遂打道回府。那三角钱最终没花在小人书上，也没有买吃的。钱于家中是稀罕之物，有更重要的用途，而回家随便找点东西都能凑合着填饱肚子。我们空腹徒步回家，花了一个小时。

父亲做生意落落大方，声如洪钟，但说话不得体，也不懂察言观色，不善于招揽客人，不短斤少两不说，总要多给一些，在价格上多有让利，利润就打了折扣。他最担心的是顾客不满意，说宁愿多给，不能给少了，以免人家一怒之下将秤杆拗断了。如今，父母在县城仍以做小买卖为生，摆摊卖点水果、蒜头、生姜、日杂用品之类。

有一次，我看到他面前有两堆苹果，价格一样，有个女子在其中一堆挑了几个。父亲说，这是昨天的哩。那顾客马上放下，去另一堆里挑。因为类似小事，让母亲没少数落他，说先卖掉旧的不好？再过一天，更没人要了。动不动就将底牌亮出来，这是父亲的软肋。按理说，他也有薄利多销的可能，但做生意不懂变通，自是所得甚微。

一九九五年夏天，父亲为了供我读大学挣生活费，帮邻村卖“薄箕炊”的老师傅做了两年多挑夫后，决定也去做该生意。他发挥了早年搞发明的劲头，用竹篾、铁丝、铝合金等材料，将用具及炊具造出来，炉膛亦由自己用砖头砌建。该小吃的制作工序复杂繁琐，但母亲原本就略知一二，试验过好几次之后，居然无师自通，省下了一笔师傅钱。平时还兼做“薄箕炊”的近亲——

河粉，这算是第一遭正儿八经做生意。先是逛村卖，后在一九九七年迁到县城干，持续了七八年。

“薄箕炊”乃粤西特有的名小吃，仅流行于茂名及湛江的化州、高州、廉江等地。做法是用碓坑或石磨将泡软的大米舂磨成浆粉，调以清水适量，使之成为黏稠液体状；之前的步骤跟做河粉一样，继而倒入匾箕中，置于铁锅内炊熟，先炊熟薄薄一层，再揭盖加粉水；如此重复三五次，直到将匾箕炊满，达五六层之多。吃的时候，拣齿牙磨损的“禾钩”（一种刀刃密布细齿的镰刀，专用来收割水稻、薯苗等庄稼），磨得雪亮，用之切割成小块，淋上八角、蒜头诸香料炼制的花生油，香滑可口，乃闻名遐迩的风味小吃。平时一年四季，也有人专做此等营生，挑来村中售卖，除了交钱，亦可用米换取。村民多不富裕，纵算买上一只半只，却难以解馋。他们用的是比海碗略大的小匾箕，一人吃一两个也不“够颈”。恰如端午吃粽子，中秋节吃月饼，七月十四日则吃“薄箕炊”，大可饱餐一顿，吃到发腻。“薄箕炊”中又有一种芋头糕，将舂碎的芋头掺入粉水中炊熟，风味更佳。一个家庭，炊上两三个大匾箕，就吃不完了，放三五天也不会坏，如果嫌凉了，就煎热吃，味道亦佳。

父亲和母亲各挑上一担，分头行动，沿村叫卖。凤凰村四面八方的十数条村庄，父母都走遍了。有时会往北走到十来公里外的八角垌去，至天黑方返回，亦常有剩货。做“薄箕炊”需要大量柴火，炉膛吞噬了大量松针、桉树叶、芒草之类。父母叫卖回来，即拿上笊篱笊树叶，或用镰刀割芒草，炉膛犹如长着无穷尽大胃口的怪兽，需要喂食无限多的柴草。除了早些年烧砖窑，这算是疯狂找柴火的又一段艰辛岁月。

父母艰苦劳作，犹如牛马，风雨无阻，两人每月售卖所得之和，无非是三五百元，每月要寄我三百，供我于省城读书做伙食。一九九八年夏，我在《上海故事》发了一篇万把字的武侠小说，得稿费逾千元。父亲叹息说，文章有价啊。我在县城读高中时开始写作，每月含伙食费等花销不过四五十元，我靠稿费就能解决。一九九四年秋后求学省城，最低生活费骤升至三四百元，就非我有力应付。

一九九七年底，二妹靖雯从海南打工回来。她手上有点钱，又见过世面，不肯屈居乡间，提议举家迁往县城谋生，不是会做“薄箕炊”及河粉么，就干这个。但一切都得从零开始，譬如要租房、结灶之类。二妹气魄很大，这将半辈子龟缩于凤凰村的父亲吓坏了，他拼命反对。作为“造反派”的二妹，跟父亲开始了激烈而短暂的夺权斗争，在数番争吵之后，二妹拉拢母亲加盟而稳占上风。母亲曾去邻县高城做过缝纫女工，觉得城里挣钱机会多，也没有父亲说的那么可怕，村里不是有不少人去城里做小贩或打工了么？再呆在村里，只能是死路一条。二妹以胜利者的口吻说，反正她们是去定了，父亲不去不敢勉强，就一个人呆在村子吧。两个弟弟听说有机会进城，也嚷着要到城里念书去。历来在家中说一不二的父亲，这次遇到了对手，他无力还击，只好就范。

一家人在城郊的农村租了一幢平房，作小作坊及居住之用。那几年，父亲带着家人辗转于城郊的数个村落，租过七八处房子，搬来搬去，如丧家之狗。每搬迁一处，都得重新砌一处炊糕点的炉灶，这全由父亲一手包办。每次他都得意地说，如果要请砖瓦匠，那得花多少钱啊，还未必比他砌的好用。在城里不比乡下，没有柴草可割取，父母只好到大米厂购买糠头（谷壳）或到木工厂买木糠废木料，以作燃料。这全得父亲肩挑回来。父母负责制作河粉及“薄箕炊”，而摆卖的工作主要由二妹担任。三妹在做了数年小保姆之后，觅得时机重返校园读小学。两个弟弟也在二妹的安排下就读于城郊一小学。那几年，家政大权尤其是经济命脉，实已旁落二妹之手。父亲很不服气，跟二妹斗法不止，但终难挽颓势。该生意做了几年，很薄利，又辛苦。母亲因劳累而患上腰疾。例如做河粉吧，母亲得反复将炊河粉的竹箕不停地往蒸炉里搬进搬出，舀粉水，剥粉皮，周而复始，得反复做弯腰、绷直的动作，一干就是六七个小时，腰部劳损严重，终于无力再干。父亲就舒服多了，在炊河粉时，他只负责烧火。有一次，他一边打瞌睡，一边往灶口添柴，将衣袖也烧着了。

二妹审时度势，穷则思变，在她的主持下，改做买卖旧书的生意。在小县城，卖旧书的如凤毛麟角。我认为书店尤其是旧书店，乃是一个地方的文化风向标，可据此大致推测一地的读书风尚、文化气氛乃至文化人之多寡及素养。

卖书持续数年，二妹扩大经营，租铺开了一家书店。那几年，她是家中的灵魂人物。她头脑活络，魄力过人，有决断之能，善于趁势而为，这均非直来直去的父亲所能及。家中虽然清苦，倒也安排相宜，比在农村时谋生好多了。我跟两个妹妹幼时饱受饥馑之苦，一年之中，只有过节才有肉吃，现在每天都能吃点肉，两个弟弟没饿过肚子。一九九八年秋，我大学毕业，先在省城一家学校教书，后到报社做编辑，直至后来当专业作家。作为家中唯一有稳定经济来源者，我承担起了弟妹们的学杂费及生活费。二妹在经历了做保姆、入厂、摆摊、开店等等之后，终于认识到了没文化之苦及知识的力量，遂毅然重返校园，本科毕业于中山大学，在省城谋得了一份会计职位。

父亲的卖书生意持续到二〇一〇年左右。母亲去给亲戚开的小木工厂做饭。在二〇〇八年前后，父亲的卖书生意日薄西山，母亲也失去了煮饭工一职。从二〇一〇年起，父母在农贸市场摆卖一些日杂用品，又置了一台冰箱，偶或经营小吃、水果、饮料等，作为日常营生，持续至今。现在，父母很享受做小生意的感觉，一是略有所得，二来找个事儿做，不至于无聊。父母日渐老迈，亦渐有孤独之感，有点活干就不空虚，以免时日漫长，难以挨到天黑。以父母经商的资质，赚不了钱，但不算累，犹如玩乐，至少比在乡下种田好。

从懂事起，我就注意到父亲为了给子女交学费而不得不屡去借债。因素无生财之道，父亲能不花钱就不花。即使在口粮不足的冬天，父亲也是想方设法给家人找吃的，而甚少为此去借钱。他能借钱的门路极少，得将好钢用在刀口上。在春耕或六月农忙时，下秧的谷种也是父亲自己留存，菜种、豆种也是，从不买种子，化肥、农药等农资，得向石湾墟的店铺购买，多是赊购。逢年过节，所谓拜神用的酒肉香烛、纸品鞭炮等，必须花钱，平时则极少买肉。我小时候无缘于玩具、零食（如糖果、凉果、水果等），这在村中不多见。别的人家赶集回来，多少会给孩子带点吃的玩的，让孩子充满期待，欢呼雀跃。

有一次，父亲将大猪卖给石湾墟食品站，心里高兴，给我和二妹各买了一个猪笼饼。饼可充饥，总比生楂片、糖果等零食顶用。那个形如猪仔的饼干黄澄澄、香喷喷的先不说，光是那个充当饼盒的小猪笼就夺人眼目。它纯由麦秸织成，染成红蓝二色，精巧别致，让人爱不释手。饼吃了，玩具却留下来，并在过家家游戏中大派用场。我一次次地用它装小石头当猪而“出猪”，乐此不疲。

每逢新学期开学，交学费之难关横亘于父亲面前，犹如拦路虎，不易制伏，又不容回避。我读小学一学期的学杂费要十多元，初中要几十元，至高中则要三四百元，随着物价上升而递增。当时又说实行九年义务教育，为什么还要交学费？该问题困扰了我多年。除了学杂费不说，还有教材费、班会费、校服费、补习费、旅游费等等，层出不穷，隔三岔五就要交一次。每次回去跟父亲要钱，都像一记闷棍砸在他的脑门上。父亲嘴上说没问题，但脸就黑了。我跟两个妹妹的学费，年年上涨，父亲从无分文余钱，每次都只好向人借债，但愿伸以援手的亲戚极少。人越穷越借不到钱。称得上朋友的人，父亲一个也没有，跟小学及初中同学素无来往。由此可见其人缘或交游能力。

幸好天无绝人之路，我有一位舅公，为人热诚，乐善好施，精通兽医，平时帮农人医治家畜多不收钱，反得了人心，有家畜买卖多找他代理，遂趁势做起了“牛中佬”（即买卖耕牛的中介）。分单干之初，几乎每户农家都要有一头耕牛，耕牛贸易红火，他趁机发了一笔财。在谷山火车站之侧的良光镇禾村，他堪称首富。父亲常徒步去禾村求援，一趟得花两个多小时，途经数十处田垌、山头及村落等，每次都能得到援助，父亲还钱也积极。这样有借有还的事儿，持续了七八年。这也是我从小学到初中毕业的时间。舅公对我们家很照顾，禾村做“年例节”时，我们全体出动，暴饮暴食。母亲在五岁时，外婆就去世了，后来外公续弦，直到成年后我才知道该外婆是母亲的后妈。

我们家在舅公处被奉为上宾，我们去禾村吃“年例”的记忆很美好，连途中也心情愉快。我们沿着连绵起伏的丘陵徒步两个多小时后（其间涉过几处溪流及田垌），眼前呈现了一处田垌，开阔如平原，庄稼繁茂，禾村就处于田畔小溪之侧，竹木掩映之间，一角屋檐或泥墙清晰可见，黛黑色的屋瓦犹如鲫鱼的鳞片整齐而细密。村子东侧居然有铁路穿越，乃是河茂线的一段，设有四等小站“谷山”，“禾村”与“谷山”，颇得对仗之妙。在二十世纪八十年代，该段铁路行驶的还是蒸汽火车。当火车进站，蒸汽弥漫，形成一缕缕烟雾跟天上的云彩相接，火车头那组巨大而鲜红的车轮被粗大的链轨所带动，汽笛如长剑穿透了天穹。火车站有一股特殊的气味，金属的气味，机油的气味，烟尘或泥屑的气味……还有田间庄稼混杂着草木花果的气息，使这个旷野小站散发出别处所没有的味道。外地人来到禾村，到铁路边看火车乃是必修课，这不唯独是孩子，就是大人也难以抵挡看火车的诱惑。我童年时曾跟几个青年去火车站溜达过。印刷着铁路局标志的白房子，涂着白漆的木栅栏，候车室里简陋而形状奇特的排椅，还有房子四周的芒果、龙眼、杨桃等果树，都给一个孩子带来了难以磨灭的新奇感。当然，最震撼的是火车的进站及驰向远方……客车多是绿皮火车，而货车有着装满煤炭之类的露天车厢或圆滚滚的油罐。

舅公育有女儿数个，但膝下没男丁，万贯家财无人继承，这是他一生中最大的痛苦，至死也不得解脱。他也曾过继有一男，但两人不和，视若仇雠，最终脱离关系。一九九五年，舅公病逝。

我考上大学后，花钱益甚。父亲向在京城做官的二伯父写信求助，也是迫不得已。他知道二伯父有为难处，不少亲戚将二伯父当成了摇钱树，常以种种名目索取，使他穷于应付。我从小学三年级起，就代替父亲跟二伯父通信，而借钱一事，父亲必亲自动笔，以示郑重及承担。在父亲的“债主”中，二伯父也是一位重要人物。我最初知道二伯父，乃是因为记忆中的糖果。

每个孩子都爱吃糖果。三十年前，常有煮糖果的人入村，架起小火炉，将红糖或白糖放在小铁锅煮成浆状，在匾箕上调以面粉或米粉揉搓，就如搓面团似的，揉成球状或长条，再以不同配料制成姜糖、花生糖之类。花生糖卖五分钱一颗，姜糖一分钱一粒。至于糖果纸包裹的糖果属于高档品，不管是什么糖果，都仿佛是城里人的专利，有人谋得一颗两颗，当宝贝玩上好几天，却不轻易吃掉。糖果纸也拿去小伙伴中炫耀，那些印着精美图案的玻璃纸在艳羡的目光中显得无比珍贵。

平时，我能吃到一两颗姜糖或花生糖就不错了，哪有收集糖果纸的机会？但每年除夕前，石湾大队干部都会登门送上军属对联及一包糖果饼干（有斤把那样）。虽然是低档的木薯糖果，却因裹有糖果纸而不容小觑，立马身价倍增。在童年，我家和大伯父家的小孩在老屋前的院子围作一圈，糖果由我跟二堂哥平分，有时亦随便分成两堆而抽签定夺。在那些贫寒的岁月里，那点糖果像火光照亮了孩子们的心灵，堪称是过年的昂贵礼物。大伯父及父亲在旁边看着，脸上绽出笑容。有那点糖果，是因为二伯父在北京某部供职。他是家族最有出息的人，给家人带来了荣耀，偶尔还有点物质接济。我家屡被人欺负，对方始终不敢往死里整，按父亲所言就是二伯父的威慑了。光是糖果给孩子们带来的快乐，二伯父已功德无量。我在童年时代对二伯父毫无印象却充满猜想。一九七六年，祖母去世时，他回过一次，此后没回过。他远离村庄，遂变得更神秘了。

那是一个酷热的夏日，树上的蝉在发疯地叫唤。我只穿着短裤头（这是村中少年在夏季的常见装束），坐在院子里织渔网。忽听人声嘈杂，一行人出现在面前。一个中年妇人带着一对年轻男女，少女穿着连衣裙，美艳不可方物，少年背着大旅行袋，比我高大。妇人抓了一把糖果抛给跟着的小孩，那几个孩子像麻雀一样轰地炸开又聚拢，叽叽喳喳。村庄甚少城市来客，他们来瞧热闹了。来者就是二伯父的家属，二伯母、堂姐和堂哥。他们带来一旅行袋糖果，种类繁多，品质上乘。那几天，我家和大伯父家的小孩都沉浸于过节的狂喜和甜蜜之中。我说不清有什么糖果了，只记得有香有甜，有软有硬，有果仁的，没果仁的，有各种水果味乃至说不出来的奇异香甜。重要的是每一颗都包裹着色彩斑斓、质感光洁的糖果纸，怕有二三十种之多。我过了收集糖果纸的年龄，而妹妹及堂妹收集了诸多糖果纸，使她们在村庄昂首挺胸，趾高气扬，仿佛是不可一世的地主婆。

一九九七年暑假，我受二伯父邀请，跟二堂哥赴京探亲。我终于见到了二伯父一家，还有天安门。我觉得他像大伯父，又像父亲，毕竟是一母同胞。二伯父温和慈祥，目光中流露出知识分子的清澈和自信。他在部队任文职，却毫无官僚习气，而保留了凤凰村人的质朴和实在。他说话柔和，有条有理，家乡土话除了个别字眼仍很流畅，比在乡下种田的兄弟有教养和优雅。除了皮肤稍白些，衣服整洁些，举止文雅些，他跟一个寡言少语的农民没两样。在此之前，我跟他通过难以计数的信函。二伯父看着我从小学读到大学，并从乡下到了城市定居。他写信鼓励及教育我，尽管我常有违逆处，但他对我的成长及蜕变起了很大作用。他是顾念亲情的人。他跟我通信从不敷衍，而跟我用心对话。他说不出我该走什么道路，而希望我无论做什么，都要堂堂正正做人。他从未奢望我也通过读书走出村庄，而不在信中稍有涉及，他担心我受刺激或失望过度。他太清楚一个偏僻山村要出一个大学生何其艰难。我也甚少提及考大学之类，这不敢奢望。我后来总算连滚带爬挤过了独木桥。三十年过去，村子只有我接续了这个传奇。

我跟二堂哥在二伯父家住了一个月，二伯父让儿子带我去长城、故宫、颐和园等地方玩。他在饮食上试图做些粤菜来让我们适应。而他不伦不类的粤菜连自己也忍俊不禁。我看了他的住宅及器具，觉得生活过于俭朴而不像这个位置的人。我不知道一个天真的人如何在险象环生的官场幸存。他儿子淡淡地说，他为信仰贡献了一生。退休了，但单位有技术性的问题找他，仍像过节的小孩那样欢喜。他除了上班，已无处可去。

二〇一〇年春夏间，我在北京鲁迅文学院读书时去看他。他还是蛮享受退休生活的，年纪大了，逐渐懂得了闲适及游荡的好处，不像以前那样枕戈待旦，上级一挥手就冲锋陷阵。他爱看电视，爱买菜做饭，偶尔陪老伴去郊游，亦喜欢上网看新闻，看电视时喜欢“档案”“解密”之类关乎国家大事及民族前途的纪实片。

无论如何，二伯父走过的道路不属于任何人，更非凤凰村的同代人所能想象。他通过奋斗改变了自己的命运（并局部地改变了家族的命运，村里的人都说我能考上大学，是他的激励及榜样作用，这被夸大了。与其说归功于我的努力，毋宁说归功于某种无法言说的神秘力量或运气）。无论过去还是今天，他依然是家庭乃至村庄的一个传奇，时常被人们充满敬意地提起。我还苛求什么呢。

父亲的天真与伤感

略有小成的学医者

在父亲掌握的二三十种手艺或本事中，较有用的算是中医了。他常利用煤油灯在晚上看医书。一盏灯对孩子来说，犹如梦幻般的装置或玩具，或一个神话国度中的器具，而这个国度纯粹由这一片橘黄灯光所构筑。我在灯盏面前学会了遐想或沉思。我借助灯光看清了灯盏的内部结构及其如花瓣的焰苗，这在它熄灭时看不到。灯光像某种奇异之物或类似于温暖、幸福的情绪充盈了房间，并溢出窗户而被黑夜所吸收，犹如墨汁在宣纸上缓慢渗透并凝固。正是因为灯盏，使我脑海中出现了白昼复活般的恍惚感，灯光改变了黑夜的颜色。我闭上眼睛，想象着另外的灯盏，在别的房间或院子里被点燃，那些灯盏和灯光都有某些相似乃至共同的东西，而在灯光周围的人们却干着不同的活计，或者发呆。在冲凉房（洗澡间）中，灯影、水汽弥漫中的妇人胴体仿佛也在发光。小学生在灯下做着练习。而在乡村，灯光作为一种照明工具，很少用来照耀报刊书籍之类的印刷品。沾满油迹及尘土的钞票是一个例外，农夫点数钞票的时刻美妙而稀少。父亲经常等我们（主要是母亲）熟睡之后，偷偷起来点燃灯盏去翻看那些杂七杂八的书籍，内容主要是中医、堪舆、术数之类，偶尔也会看几页旧小说。每次都是灯光将其暴露了，母亲的斥骂将我们吵醒。煤油是要用钱换取的，看书大可以借助日光而不必花钱，在夜晚点灯看，在母亲看来太浪费。

乡下卫生条件有限，我们几兄妹又有点营养不良，三天两头就生病，通常由父亲对付，我们甚少去看医生。父亲不给他人看病，他学医是为了自保。他不信任某些医生。他说过，三个病人就能养活一个医生。

父亲学医是为了给家人看病。每次我发烧，父亲服侍我喝了退烧的中药后，通宵未眠，拿着毛巾给我擦汗，唯恐我敛汗而再次发烧。我于半梦半醒间，总能感到父亲给我擦汗。感冒发烧是家常便饭，上吐下泻屡见不鲜。鸡眼、鸡屎癞、牛皮癣、刀伤、烫伤、烧伤、骨折、胃痛、屎虫病、沙虫病、流鼻血、红眼病等陆续发作，层出不穷，幸被父亲一一根治，内科外科五官科走马灯般轮换。

大约在七八岁时，我常莫名其妙地流鼻血，仿佛有两股水流在汹涌。第一次流鼻血时，无法遏止，将我吓坏了。父亲赶紧从番薯地摘了一把薯叶揉碎并让我堵住鼻孔。这种叶子通常是猪的食物，也可以当蔬菜炒来吃。后来，城市的餐馆也多见这道菜，没想到竟有神奇的止鼻血之功效，只是治标不治本。止鼻血的方法有很多，诸如父亲用双手按住我耳侧的血脉；或用一根细绳子缚住我左手食指，父亲轻轻拉动，念念有词，让我的手指在他的指令下一屈一伸……这一切犹如幻术，说也奇怪，鼻血戛然而止。

有一种方法是这样的，有时我在夏夜梦见了河水流动的声音，嘴角一阵腥甜。我惊醒过来，用手一抹，全是血，我又流鼻血了。父亲闻声而起，带我去到厨房的泥墙面前，让我面壁站立，他用瓜勺舀了一勺水泼向墙面，那堵老墙“滋”地腾起一股尘雾，一股泥腥味夹杂着夏日的燠热气息扑面而来，父亲让我使劲地用鼻子嗅闻。一会儿，泥墙就干了，那股气味也随之减弱。父亲故伎重演，在旁边又泼了一勺水，再让我去闻泥墙的气息。大约两三分钟后，鼻血止了。但上述诸法均无法根治。父亲冥思苦想，遍访良师，翻遍了家里的医书，终觅得一法，到小河里捕捉塘鲺鱼，用关草头炖塘鲺头吃了三五遭，终于治好了顽疾。

读初一时，我患了眼疾。眼病对于父亲来说，是一个新课题。找医生治了几次，均不见好转，反而越来越重，瞳孔模糊，视物不见。有人说是青光眼，有人说是白内障，听起来也不像是少年人的病。父亲采取内服、外敷、滴眼药水诸法，但效果甚微，一个方法是将熬烂的猪胆敷在眼上，热乎乎的，黏性十足，又有点痒，很不舒服，又没什么用。后来父亲带我去县城看一位姓李的名老中医，专治眼科，名气很大，疗效甚佳，我的视力慢慢恢复了。因父亲不敢坐汽车，我们只能徒步。我们顺着石湾河一路往东南方走，路上经过十数处陌生而相似的村落、田畴和丘陵，罗江在身旁不远处翻卷着波涛。当时我眼疾较重，看什么都是模糊一片，影影绰绰，仿佛裹着一团白雾，大约在看了七八次之后，眼前的景物逐渐变得清晰及生动起来。我大声告知父亲，他喜悦地望着我。

父亲觉得该名医的中药方无甚新奇处，其中的蝉蜕、龙衣及车前子等清肝明目的诸药也用过，但有两三味药如石膏之类，或有毒性或大寒，却被当作虎狼药而一直不敢轻用。倒是其特制的眼药水颇具功效，瓶底有一层棕黑色的沉淀物，据说是熊胆。

我每天下午都坐在院子的木椅上，常常望向近处的屋瓦、苦楝树和远处的门星岭及其树木、山路和砖窑洞。一天到头，我什么也看不到，世界于我乃是一团雾状物，一股恐惧和沮丧之情从心底升起。我目睹过世界的千姿百态和五光十色，但也许无法再看见这些奇异或平常的事物了。一个失去了斑斓色彩乃至黑白界线的世界，显得冰冷、神秘而残酷。父亲在李医生的方子上，加减、修改了七八味中药，再抓药让我服用，并坚持滴用李医生的眼药水。持续一个多月后，近处的景物慢慢浮现了轮廓，并逐渐变得清晰和真切。门星岭上的那棵龙眼树，大伯父修建在山顶上的晒坪及其小屋，是我每天都要重点观察的标志之物。终于，我的视力恢复了正常。我目睹一棵树或小屋是如何从混沌浓雾中慢慢剥离出来并将每一片叶子或砖瓦清晰地呈现。这种体验是神奇而难得的，就像雕像从石块中呈现，犹如大雾散尽，水落石出，一切都显得清楚而真实。后来，经过父亲改动的药方保留下来，对治疗春夏间易发的红眼病颇具疗效。

我生病时，父亲焦虑不安。有时发烧，父亲给我把脉，察舌苔，之后开好方子，戴着斗笠徒步去石湾墟抓中药。有时一碗药喝下去，依然无法退烧，他又拿过方子，加减一两味（他用药剂量偏小，重配伍禁忌，用药保守、谨慎），再赶去石湾墟，来回一趟得步行一个半小时。有时得反复折腾三五回，方使我退烧。父亲松一口气，才顾得上喝一口水。

在多个夏日或秋日的午后，我因生病卧床多日，头昏目眩，于逐渐轻松中披衣而起，走出卧室，端了张木凳坐在院子，眺望门星岭上那条白蛇般的小径。暮色洒落在院落、山林中，金色和橙色的晚霞明亮而柔和，过一会儿，一切都变得黯淡。小径上有个戴着斗笠的身影在快步疾走，我看不清他的面目。但从他行走的姿势可知是父亲抓药归回。我心里感到踏实和放松。疾病将会过去，就像上次一样，我又能跟小伙伴玩游戏或上山砍柴了，或在田野奔跑，或到河湾游水，而不是像一个七老八十的人在晒太阳、想往事。一会儿，我眼前一花，父亲踏入院子。他微笑着，将温热的手心探向我的额头，有时松一口气说："没事了。"有时则眉头紧皱，说："不会有事的。"他转身奔向厨房，用木叶擦洗瓦煲给我煎药。

他在煎药之前，花十几分钟仔细核对每一味中药，察看其是否新鲜，他一定要亲手煎好并用碗盛了端给我，在一旁监督我喝掉。他不允许任何人插手。我七八岁时不肯喝药，嫌药苦。父亲许诺买什么、讲故事之类，均未奏效，只好硬起心肠，按住我的手脚，用筷子将我的嘴巴撬开，由泪眼汪汪的母亲用汤匙灌喂进去。我拼命哭闹，手脚乱蹬，将灌到咽喉的药汤故意倾吐出来，或连药带碗一巴掌打翻在地，搞得鸡飞狗跳。父母狼狈不堪，母亲一直怀疑父亲的医术，她一边配合着灌药，一边狐疑地问："有用吗？"父亲不吭声，只是苦恼于如何将药汤弄进我的肚子。我不记得他打过我。

每次生病发烧，我除了要服用中药，还得严格遵守父亲的禁忌，譬如不能洗澡，不准吃荤腥食物如鸡鸭鱼肉，甚至不准吃某些蔬菜如辣椒、番茄、倭瓜之类。他总有长篇大论的理由，不是说对病情妨碍，就是跟某味中药有冲突而有害于身体。他滔滔不绝地连续说上几个小时，就是为了使我听从。我厌烦至极，只好应承。有一次，我八九岁时发烧，碰巧家里杀鸡，鸡肉的香味有让人无法抵挡的诱惑，我哭闹着要吃鸡。父亲铁石心肠，他任我哭天抹泪，撒泼翻滚，决不让步。

有亲友生病遭乡村庸医乱开药而获不治，父亲亲眼所见，也提了些意见，但无人愿听，他们根本就不相信父亲懂得医术。当然，就算他愿意开药，人家也不会接受。父亲平时不给他人看病，但凡事均有例外。有一次，父亲见某亲戚的孩子患了痢疾，数天不止，命若游丝，心生恻隐，遂出手救其一命。

在我考大学那阵，因邻村某人说愿帮助我（纯属无稽之谈），初时父亲深信不疑，遂自告奋勇，要为他治疗折磨了多年的"白喉"顽疾。那人患病多年，求医无门，大喜过望。但父亲对用药、忌口、饮食等诸方面多有顾虑，有很多常人难以理解的古怪要求。他担心出了差错，有点神经过敏。哪有这样的医生？他每天亲自去药房抓好药，仔细核查无误，又到病人家中，亲手煎药，倒入碗中递过去，要亲眼看那人服下去，并叮嘱他近期万万不可食用某些食物（譬如牛肉、生鸡、鲤鱼等），更不可另外服药，否则出了什么岔子，他概不负责！父亲治了那人个把月，将患者困扰多年的咳嗽病治好了，后来也没听闻复发。父亲在用药时有很多禁忌，如饮食、洗澡等均有其古怪而硬性的规定，对方初时颇不耐烦，但当天服药已见效果，赶紧一一照办。

十多年前，我曾跟父亲说过，既略通医道，尤其是对付感冒、红眼病等流行性的疾病有立竿见影之能，何不去开一间凉茶铺。也不用多少成本，这本是过去穷医生的生财之道。总比在市场上制售河粉之类要好，不累，也能赚钱。说得父亲脸露喜色，跃跃欲试，说要好好设计几个方子，开一间全城最好的凉茶铺，打响了招牌，今后子孙后代也不愁吃喝了。无论哪个朝代，都有人生病。父亲说他用药必货真价实，一剂药只能煎三碗，可就要卖贵点啰。那是真能治病的，不比某些凉茶，吃了无害，但也没用，顶多算是茶汤，不算中药。他兴奋了一夜，翌日起床，热情骤然冷却，说还是不开铺的好，吃中药太多禁忌，如果人家吃了我的药，又去乱吃东西，如生冷荤腥之类，必起冲撞，难保不影响身体。就怕没有疗效，反而有害，甚至闹出人命来，到时就牵涉不清了。行医有风险，我学医本是为了防身，可不是要赚钱，至于救死扶伤，我不是那块料……他由此想及了诸种潜在的风险，越想越怕。开凉茶铺的事泡汤了，我再也不提。

父亲对感冒发烧之类的常见疾病颇有办法，药到病除，年轻时对几种疑难杂症也下过点功夫。我年幼时体弱多病，对他是一个考验，他由此积累了不少临床经验。近年来，随着日渐老迈，记忆力衰退，他只能吃老本，缺少了临床实践，医术大不如前。有一天，我忽然发现，家人在县城做生意时历经七八次出租屋搬迁，那几箱医书已不知所终，这曾是父亲视若珍宝的。十数年前，我见过那些画着人体器官及线描草药的书页，在弟弟们的手上变成了纸飞机，短促而缓慢地在院子里飞行并坠落。

在父亲狂热写作的那几年，我希望他能将数十年来对医学的心得和见解，编著成一个小册子。但他无动于衷，这跟我向他建议写真实事件或记忆一样。他只是摆出一位小说家的架势，去写一些虚构性的东西。

颜面尽失的发明者

父亲年轻时异想天开，什么都敢想，什么都敢做。据说这种开放性的精神及冒险家的行为持续到三十岁，这跟我印象中的极端保守大相径庭。据说是成家立室后，子女陆续降生，谋生的压力日益增大，他才无暇多顾。譬如他爱好鼓捣小发明，不是想靠发明改变命运，而纯粹是出于对科技本身的狂热和痴迷。至少，他也知道难以成功，但当时热情高涨，尚未体验到绝望性的失败。他的发明或机械制造是从最简单的手工开始的，如编竹器，做简单的条凳和椅子。他十六七岁时掌握了乡间寻常的竹编技艺，包括编织难度最大的鱼笼。他志不在此，仅是浅尝辄止，远称不上手艺高超。所编的竹器也太过潦草、粗糙，犹如一幅画作的草稿，徒具轮廓而没有灵魂和生命，难以称之为艺术品。

他为了简便而大批量地制作斗笠，用水泥和钢筋浇铸了几个“斗笠模具”，看上去就像是一个水泥做的斗笠样雕塑。他用这个模具制作了一批大小及形状相同的斗笠，但很快就厌倦了。他以同样原理浇铸了“笊篱模”以制作笊篱。

在生产队时期，父亲决定制造一具震动村庄的机械，用木头和自制的齿轮和链条制造一台插秧机。那具木头机械外观有点像孩子睡的小木床，底部是木板，四面有栏杆，又像一只小船。在水田，通过人力操作控制机械臂一起一落，就如鸡啄米般将秧苗按照一定的间距和行距插到水田里去。这个发明在村中传得沸沸扬扬，让父亲名声大噪。父亲斗志昂扬，加紧了制作的进度，连生产队长也很感兴趣，装模作样视察了几回。

当父亲和两个小伙子将插秧机抬到水田时，父亲坐在驾驶席上操纵，果然进退自如，插秧亦庶几符合要求，比人力提高了效率，又节省劳力。父亲轻松自如，得意洋洋，第一轮掌声过后，忽然鸦雀无声。连父亲也发现了致命的问题——机械上那排放候插秧苗的小孔，每次只会漏下一撮秧苗，这可以通过人力扯秧并放置，但这就必须在机械上安排一个人，用手去放秧苗，才会源源不断地将秧苗插到田里去。换言之，要花两人才能干一人的活，机械上多了百来斤，就显得不堪重负，行动不灵。机械是解放劳力的，否则就一文不值。父亲在嘘声一片中，赶紧将插秧机搬离现场，落荒而逃。其实，他只要稍加改进，设计一个自动进秧的装置，就有可能造出真正有用的插秧机来，搞不好还能申请专利，成为名副其实的乡村发明家。

我于二〇一一年三月，曾在广东中山某个仍坚持计划经济的村庄里（同年九月，有报道说其在房地产的疯狂开发下土崩瓦解），目睹过现代插秧机的风采，感觉父亲当时的机器虽简单粗陋，实已在核心技术上触及了该机械的原理。可惜，父亲兴趣已转移。他有好几天沉浸于失败的沮丧和打击之中，一心想着如何洗刷耻辱而不得要领，觉得除非有石破天惊之举，否则难以雪耻。他决定利用木头、竹篾及某些铁器去造一架滑翔机。

他将物理学的杠杆原理、几何学知识之类发挥到了淋漓尽致的地步，他用斧头和手锯制作的木头齿轮，既坚硬结实，又光滑浑圆如女人的乳房。他不知道从哪儿弄到数十条单车链条，巧妙而精确地应用到不同的齿轮中去。滑翔机的核心部分就是这一堆奇形怪状而又杂乱无章的齿轮和链条结合体，而主体部分则由木板钉铆而成，看上去就是插秧机主体的翻版，但规模及体积更大，也更具气势。他在滑翔机底部安装了一只硕大如匾箕的木头齿轮，这只轮子拆自鸡公车（即独轮车，那是跟大伯父分家时得到的不多的几件遗产之一），至于机舱及机翼的骨架，他将钢筋的端拗弯成钩，虽没有焊枪，却能巧妙而牢靠地相互衔接起来。机舱及机翼、机尾诸部分，他利用竹篾编织而成，并在外头缝上碎布片，堪称鬼斧神工。这些碎片，来自旧衣裳及他到石湾墟缝纫店厚脸皮捡回来的碎布条，利用数十个夜晚才将那些巴掌大的布碎缝制而成。生产队时期，他白天得照常出工，晚上则点灯操作，这一切几乎是暗中进行。父亲闲时不是绞尽脑汁地画着图纸，就是在火炉前挥起铁锤锻造零件，深居简出，衣衫褴褛，胡子拉碴，看上去脸容憔悴而疲倦。

他为制造飞机的狂热和激情所焚烧，跟虚空中一架完美而真实的飞机在搏斗，就像马陷入泥淖而无力自拔。他不止一次看到空中驰骋着一匹天马，那马扑腾着翅膀，凌空飞翔。他持着绳套去捕捉而一无所获。他坚信自己是一个伟大的骑手。但由于技术、材料或者命运的制约，始终没有办法达到飞机最起码的基本要求。换言之，他所制造的飞行器或大铁鸟，还不能像飞机那样翱翔蓝天，只徒具形状而已。

终于完工了。试飞的那天，阳光灿烂，滑翔机被父亲推到晒坪上去，花团锦簇，五光十色，各种颜色的碎布片像鸟雀光鲜艳丽的羽毛，看上去像一只大鸟。父亲胡子拉碴，神情疲惫而亢奋，他决定在风和日丽的午后，进行首次飞行试验，也是最后一次。他操纵着驾驶席上类似方向盘的环形杠杆，那架机械在晒坪上滑行，越来越快，轮子跟晒坪摩擦发出的嘎吱声，让围观者牙根发酸。父亲激动万分，脑海出现了翱翔蓝天的幻觉，将绕着村庄上空飞上三圈，他已将十数里外农场的大晒坪作为降落的候选之地……突然，他耳畔响起了震天巨响，仿佛山崩地裂，滑翔机急速而疯狂地冲出了晒坪的边缘，一头栽进了小河“荷包袋”的深潭。这样，那只色彩斑斓的大鸟就四分五裂，威风不再，而父亲腿部受了重创，几乎丧命。父亲刚开始制作滑翔机时，被大伯父讥为丧心病狂之举，此刻大伯父高声评论：“他彻底疯了。”晒坪及门星岭上围观的众人，大失所望，又嘘声四起，父亲的试验就这样草草收场。后来一个多月，他一头栽进了医书之中，他必须寻觅有效的草药和验方来对付那条不争气的腿。他将机器残骸打捞回来，放在阁楼上，从此将飞行器抛之脑后。

父亲不是冒险之人，他敢于试验飞行，乃是基于对自己的精心计算和高超手艺深信不疑。他做出种种骇人之举时乃出于自大的驱使。他每次搞发明总是浅尝辄止，半途而废，碰到一丁点挫折就打道回府。我想，如果他将目标定得低一点，说不定就能制造出一辆比较省气力的木头车来。他对此又不感兴趣，觉得没啥意思。

我十来岁时，一次偶然爬到灰暗的阁楼上去，看到父亲早年搞发明的某些工具和器物，这透露了他年少时雄心狂想的蛛丝马迹。每一个人在年轻时都有无数个可能，一个在乡村长大的人，却没有足够的能量、热情和力气穿越漫漫长夜般的黑暗和荒凉。他们不缺少才气及激情，最终却像火把熄灭在途中。我看到了那些奇形怪状的模具，并想起了人们的相关叙述，我仿佛窥见了父亲心目中的机械。那些堆叠一起、相互嵌接、犬牙交错的木头齿轮和链条，在阁楼的幽暗之中发着微光，仿佛一头怪兽的残骸。料想这就是父亲梦想制造出来的滑翔机，却无法飞上天去。父亲养好伤后，有一段时间心灰意懒，深居简出，人们的讥嘲让他无地自容。

半途而废的写作者

在二〇〇一年前后，父亲忽然心血来潮，决定动笔写作，持续了十来年。有一阵子，他几乎每天都要写上几小时，他一边照看旧书摊，一边奋笔疾书。他坐在四脚矮板凳上，膝头上竖着一个硬皮抄，用的是中性笔，书写很流畅。平时一有空闲，就写一小段，见缝插针。一两个月就能写满一本，笔画潦草，字迹歪扭，我大致估算，一本有十多万字。不出十年，已得二三十本。

我拿起来翻了翻，发现除了写祖母的那篇因纪实性而有意义，其余的多是虚构习作，美其名曰“小说”；但跟小说没什么关系，情节老套，语言拖沓，亦未见时代之投影或对人事之洞见。他也说没有独立价值，但看能否为我提供写作素材，换言之，就是要写给我看。我不客气地说，这类东西没啥价值，真要写给我看，还不如写些真人真事，譬如他平生所遭遇或听闻的奇人异事，又或自己的经历、记忆之类，都比他胡编乱造要好。退而求其次，哪怕是将他肚子里那上百个民间故事一个个转换成文字，又或将他学医、预测、堪舆之类三教九流的见解或经历写出来，都有点价值。父亲一句也听不进去。他的理由是，绝对不能写真人真事，以免人家或其后代看到，徒添烦恼，更不能记录大时代中的大事小事，不管是美好还是丑陋，滑稽还是荒唐，总之什么都不要碰。这个么，以历代均有的文字狱来看，可别黄鳝没捉到，反惹一手腥，还是写小说安全些。“文字狱”这个词，从一个六十多岁才开始“写作”的老农嘴里说出来，让我感觉荒诞。至于民间故事之类，他又不屑一顾，觉得缺乏原创性。

他头脑一发热，觉得本本都是传世之作。我一次次不客气地戳穿了他的幻觉。我以为，他对世界存有误读，对自己也缺乏了解。他从来只要求别人听他的，却听不得别人的意见。他是一个习惯了唱反调的人。他活在自己定型、封闭而牢固的世界中，躲进小楼成一统，管他春夏与秋冬，蜷缩着软体动物般的自我，犹如乌龟或蜗牛藏身于其硬壳。他太敏感了，数十年来又多受惊吓，世界或同类曾无数次对他狠狠给予打击，这种不安感让他挥之不去。我无法了解他书写的巨大激情从何而来，而那些文字在我看来意义不大（尽管如此，我仍悉数带到广州，我不知道，在何时会有心情去细心阅读那些笔画潦草的手稿，唉，但愿我是误判），既没有提供多少有价值的现实信息，也没有什么属于个人的独特体验。总之，没有心灵的感悟，没有时代的映像，在文字上更没有价值。但他显然沉湎于洪水泛滥般的滔滔言说而得到安慰。

有时，他兴奋地打电话给我，说又写出了一部力作，如何如何精彩，肯定有人看。他要一本正经读给我听（用的只能是凤凰村一带才流通的土话），我不耐烦地说，不用读了，到时交给我慢慢看就是。二〇〇七年，我在茂名跟诗评家向卫国等友人聚会，有人说，你们家三兄妹都是作家，坊间少见，莫非真有遗传？我遂说起父亲写作之事。《茂名日报》资深记者陈艺平也在座，她是有心人，居然去县城采访父亲。面对记者，父亲有点拘谨，但兴奋之色溢于言表。他哗啦啦说了一通，他需要的是一个耐心的倾听者，或有人跟他交流对写作的看法。他在小城难觅同道，但对登报又惶恐不安，说最好是不要登了，至少，他死活不愿拍照。“人怕出名猪怕壮么——”他在电话里跟我说。我说，您放心好了，出不了名的。他说，当时想请记者吃饭，但人家不愿意，没招待人家总是不好。据我所知，父亲这辈子也就上了一次饭馆，那是在二〇〇七年三月，小女满月一家人去酒楼，还请了几位亲友。

父亲平时蓬头垢面，仪容邋遢，儿女买了新衣服给他，又偏要挑旧的穿，我行我素，不在乎他人的看法。这么多年来，他常活在别人的白眼及嘲讽中（在县城生活时略好些），不是麻木，就是真的超脱了。这两年，父亲终于发现我对其写作没什么兴趣，有些失落，其书写的积极性就遭受重创。他对何谓写作或理想读者没有概念，可谓自动写作，当然亦无功利可言。但他是希望儿女能读一读的，连我都没有兴趣，弟妹们更不必说了。

父亲毕竟只有初中文化，文从字顺就不错了，我还能要求什么。一个人老年将至，仍能保持对生活的敏感与好奇，这很难得。有点事做总是好的，写东西也算得上“高雅”之举，不比打牌、搓麻将要好？于是，我鼓励他多写，想写什么就写什么，想怎么写就怎么写。我是希望他一直写下去的，当然他是真的想写，但他写或不写最好是取决于内心，而不是因为任何人。

时过六年，我写此文时上网百度，仍可搜得陈艺平写的报道《农民黄大海和他的三个作家儿女》（《茂名日报》2007 年 1 月 12 日），节录如下：

在化州城区旧市委招待所大院的大榕树下，人们经常可以看见一个身穿短褂、头发花白的老伯，静静地守着一个旧书摊，埋头在笔记本上写着自己的东西，静静地沉浸在自己的世界里。有时一整天都没有一个人来帮衬他的生意，他也不着急，照样坐在那里埋头写着。日积月累，几年下来，他已写了二百多万字的小说草稿，完成了一部十多万字的纪实作品《我的母亲陈高英》。这个痴迷写作的老伯名叫黄大海，他的三个儿女黄金明、黄奕静（黄春红）和黄晓聪，都是广东省作家协会会员，是广东诗坛难得一见的“兄妹诗人”。他们是广东文坛一道亮丽的风景。

黄大海是化州市石湾镇人，今年六十三岁。据老人介绍，他的写作冲动源自对母亲的怀念，是为了完成母亲的遗愿。

黄大海是个老实善良得有些木讷的农民，长期在农村过着脸朝黄土背朝天的日子，生活一直非常艰难。一九九七年，为了生计，为了筹集孩子们的学费，他来到化州城做起了炊卖河粉的小生意，因为老实过头，他的生意一直不好。二〇〇二年，他在儿女的帮助下在租住地附近摆起了书摊。在这个偏僻的地方，没有什么人光顾，经常是他一个人在那里看着风卷云舒，人来人往，无所事事。此时，过往的人和事就像电影一样浮现于他的脑海，他想起他的母亲。他母亲是一个大字不识的农村妇女，勤劳而善良，一生充满坎坷，但乐观而豁达，从来没有屈服于荒诞的命运。他母亲有个遗愿，就是希望儿子把自己的一生写下来，留给子孙后代看，让后代了解家史，奋发图强。

于是，他开始着手写母亲的传记，日子也不再寂寞。每天从早上七点多到晚上十二点，他一直守着书摊，一直在埋头写他的东西。刚开始他写得很慢，有很多字都不会写，慢慢地，就写得顺畅了。一年下来，他就把《我的母亲陈高英》写好了，女儿帮他打印出来，整理成了一本完整的书稿。从小就喜欢看古典小说的他从此一发而不可收，写作的劲头大增。为了给儿女树立榜样，他将写作坚持下去，写他身边的事，写自己的遭遇。这个经历过不同时代的老人，拥有丰富的写作素材。他的小说写的是过去的经历，但他擅长于虚构，人物也经过了加工和塑造，几年下来，他写了满满三十本笔记本，计有二百多万字。

现在他对写作似乎是入了迷，只要拿起笔来，就会精神百倍。如果停下了笔，他就会打瞌睡，提不起精神。写作成了他生活的一部分，成了他晚年生活的精神寄托。

老实巴交的黄大海也许从来就没有想到，他早年对孩子们讲故事、编“古仔”的启蒙，会在孩子们心中播下文学的种子，坎坷曲折的命运会成为孩子们成才的推动力，他的三个儿女，以诗歌立足于南方文坛，创造了文化界一个小小的奇迹。

…………

父亲的荣与辱

他的世界封闭如河蚌

我了解父亲吗？他是真实、坦率而透明的人，他内心藏不住秘密。他有想法总是一吐为快。他从不察言观色，也不懂说话的场合、分寸和“闪撇”。他毫无恶意，也真诚坦荡，却注定从来就不是一个受欢迎的人。他说的每一句话都是真实、善意的，同样性质的第二句、第三句争先恐后从他的嘴里连珠炮般射出，犹如一群斑斓猛兽冲出狭窄的山谷，他恨不得将心也掏出给你看是什么颜色。话语在以惊人的速度繁殖、扩展、增长和堆积，语速飞快而略显凌乱，声音响亮而含混，而内容殊无新意，有时颠三倒四，有时飞流直下，有时迂回包抄，有时天马行空，不着天，不到地，显得荒诞和怪异。父亲属于世界上最无趣的雄辩者之列。当话语的体积膨胀到一定程度，已没有一个人还记得他的真诚和善意，而像面对一群嗡鸣的苍蝇，心烦意乱，头痛耳鸣，即使是他的亲人，也难以抵挡这些臭鼬般的话语轰炸。

村里的人，公认父亲是一个老实人。以我在凤凰村生活了二十年的经验，在这个崇尚丛林法则的小世界，我不怀疑这句话的真实性，但也等同于骂人，是懦夫或窝囊废的代称。母亲说父亲是一个好人，但不可爱，他的德行不会比圣徒更少，却比恶棍更让人痛恨。近年来我逐渐意识到，父亲平素行事信奉“乌龟缩头”哲学及对我的严密监管，皆因他生活在一个动荡不安、弱肉强食的年代，养成了风声鹤唳、草木皆兵的心理。他是一个对世界充满怀疑和惊惧的人，是长不大的孩子。他六岁就失去了父亲，他的心灵仿佛永远定格在六岁之时。可以想象，他年少时受过多少欺凌和损害，当不幸和打击变得习以为常，他成年后摸索出了一套应对之法，那就是不招惹别人，一辈子不出头，像蜗牛般龟缩于一隅，而养成了对口蜜腹剑的恶棍一眼识破的敏锐。他向来善良，不贪便宜，在路上看到钞票亦不捡，后来果然有人被设局骗财，他洋洋得意于四五十年前就有这个预见性。他相信头上三尺有神明，从不做亏心事，每天吃得好睡得好，“别人欺负我好”，好在哪儿？我百思不得其解。

年少时每逢我为弟妹出头或与人争执，总是以他赔礼道歉乃至送钱物了事。读书时学中国历史，一读到南宋或清末，我总会悲哀地想起父亲以及“丧权辱国”“腐败无能”之类的字眼。

父亲十几岁就帮别人做工，割稻、伐木、烧砖之类，工钱微薄，但求三餐温饱。他忌惮太多，譬如舀粥吃只吃粥水，碗无几粒米，碗中如镜，可照人影。他说这样人家下次还会找你干活。那些狼吞虎咽大吃大喝的人，也同样不缺活干。父亲是联想的大师，他会围绕一个点想到九重天，侧面、反面乃至事物的底部，由一样事物想到相似、相对及相反的事物；从一根枯枝想到一片森林，从一把菜刀想到流血事件的可能性。他又是从消极和否定意义上联想这些的，总会想到事件发展的灾难性后果或可怕的意外。他试图去堵塞每一个子虚乌有的漏洞，于是活得忧心忡忡顾虑重重，无法轻松，不得安生。他行事低调，态度谦恭，平时如蜗牛般龟缩于硬壳中，一有风吹草动即缩回壳中。他唯恐引人注目，激怒了这个美好而狂暴的世界，小心翼翼，胆战心惊。世间本无事，庸人自扰之，说的就是这种人。他的世界封闭如一只沉默的河蚌，毫无攻击性，又没有防御能力，一张嘴就暴露出软弱处，别人就像鹬呀鹳呀，见了这块软滑的蚌肉，谁都想啄一口，以免暴殄天物。

一年之中，逢着节日，或者我从化州读书回来，父亲总要去赊一刀猪肉，而到年底，又为那笔账目发愁。每次我夹起猪肉，眼眶就湿了，无法吞咽。我心里堵得难受，说："不要去赊肉了。"父亲说："读书太辛苦了，得补一补。"有时买不起肉，父亲就去买猪骨头，扇骨、筒骨、猪头骨等，放在锅里熬半天，添一把花生米煲粥喝。别人常讥笑："啃那些骨头有啥入肚？大海你家全是狗托世啊？就像啃石头。"父亲不搭理。谁想啃骨头？但价钱只是肉的三分之一。我倒觉得猪骨粥滋味鲜美，再放几块香芋或淮山，那更绝了。几个弟妹吃得肚皮滚圆。有一次，五弟吃撑了，肚子鼓凸，站立不稳，坐卧不安，犹如翻了盖的甲鱼，四肢乱划，苦楚难言。父亲从地里回来，二话不说，将他一把拉起，扑通一声扔入池塘。那水也不深，他泡了大半个钟头，通体舒泰，湿淋淋地爬上塘堤，方才消了那饱胀之苦。世移时转，没想到进入新世纪，人们生活改善了，至少肉割得起了，肥肉无人吃，瘦肉又怕剔牙，又怕瘦肉精，骨头倒走俏了。在粤西小城，骨头比瘦肉要贵。这是什么世道？父亲大惑不解。母亲又赶时髦买骨头煲汤，却遭到了父亲阻止，说骨头含磷有毒，昔日是迫不得已，今天再吃骨头就是犯傻了。

父亲不贪便宜。有一次，入村的猪肉佬错找了父亲六元钱，父亲到傍晚才发现，晚饭也吃不下，马上要捧煤油灯步行近十里路去送还。我怒道：“我不反对您去送钱，但非要当面送吗？下次撞到他或托人送去就不行？就是非要当面送，明天送会死人？就是非要今天送，吃完饭再去不好？饿着肚子去，难道人家留您吃饭？”父亲从不听别人的。他说，人家叫你坐你就走，人家叫你走你就坐。这是他对付村中诸人的法则，这就少了诸多愚弄和圈套。这成为他的思维定式了，因此常有特立独行标新立异之举，即使是家人，也无法一一理解。人家果然留他吃饭，但他送了钱就回来。回到家中，腿也软了，他对我说：“我心中的石头落地了，今晚才睡得着。”

那些年，我四个弟妹陆续来到人世，一亩多田地，打的谷物不够交公购粮。我们没有一顿能吃饱。父亲尤甚，而他又是家里唯一的强劳动力，包揽了所有的重活，不肯让母亲下地。他说母亲粉嫩白皙的手，如何拿得起锄头？别人笑他太宠老婆了，担心阳光将她的脸晒黑。

母亲年轻时身形窈窕，脸蛋清秀，宛若小家碧玉，跟那些面孔黧黑、手脚粗大的农妇迥然不同，犹如鸡群中的鹤。我七八岁时，跟母亲去农场拜访她女友阿娣。农场里多是橡胶工人，虽说领国家饷，但跟农民无甚区别，抢收橡胶时更劳累。阿娣对母亲脸蛋白皙红润艳羡不已，问母亲用的是什么牌子的雪花膏？母亲何曾用过如此奢侈品。阿娣用了一个词：天生丽质。我的记忆仍停留在那个夏日午后，微风吹拂，香蕉树叶子宽大，木瓜树累累硕果，阳光像小银鱼在母亲的脸上、身上跳跃。她巧笑倩兮，充满年轻农妇的健康和活力。

多年之后，我跟母亲去土地庙拜神，她挑着祭品在前，走过过江埠，我从河水的倒影看到了母亲面容憔悴，身形佝偻。我一抬头就跟母亲的满头白发遭遇，宛若河滩上被风吹乱的芦花。我的心猛然一颤，河水在奔流，它不能留住的事物有很多，譬如昨夜的星光和枝头的花朵。我长大成人，母亲逐渐衰老。又过了几年，我大学毕业了，母亲已成老妇。后来迫于生计，她不仅下田干活，还外出务工，俨然是家中的经济支柱。父亲不乐意母亲去外地打工，但没有办法。她身形发胖，脸上皱纹纵横交错，只有嘴角的笑容仍有一丝那个夏日午后的影子。她的头发倒是黑如漆墨。她不好意思地说："不染一染，就找不到工做了。"那几年，她所谓的做工，就是去小工厂缝手套，或帮人家煮饭，每月赚三二百元帮补家用。过去是父亲养着母亲，如今反过来了。

父亲做过小生意，譬如在农闲时织竹器去石湾墟卖。他会编织十几种乡间日常器具，譬如箩筐、篮子、斗笠、竹扇、笊篱等，做工粗糙，招揽不了顾客。这是他一生为人做事的缩影，三教九流，略知一二，百般手艺，仅懂皮毛。他涉足的领域有捉鱼、木匠、瓦工、烧窑、编织、发明、中医、堪舆等等，不下三二十种。除捉鱼称得上高明，中医略有心得，其他不足道。正应了一句话，“周身刀，没一把利”。

有几年他沉湎于《周易》《推背图》及《麻衣相法》，苦心钻研堪舆、称骨及八字之类，每天拿着个罗庚，在山头左转右转，见人就免费给他算命。他一再跟二伯父比较，说自己就是劳碌命，这辈子都不可能发财，而二伯父的命相就是好，故能读大学当大官。他又给历史上的伟人名将乃至各领域的领袖人物推演命运，发现无一不灵验如神，对自己佩服得不得了。但村里的人都不理他，他只好以易学去预测各家猪栏的大猪，将于某月某日被送到食品站挨一刀，以此取乐。他为了研究术数的需要，将一本万年历翻得稀烂，宣称他发明了一条公式，只要知道某人的出生年月日，可于瞬间查到一系列相关的天干地支和属相，别人要推算半天，而他唾手可得。如此，他的头脑有了一本现成的、活生生的万年历，就将那旧纸本的束之高阁。每次回家，他都要兴冲冲地将那套公式教我，我闻风而逃。我对术数不感兴趣。

父亲年轻时的爱好，没想到成了后来的一大娱乐。

每天黄昏，他就提一张小板凳坐在县城大桥的绿荫底下，给人预测或推算，倒也有不少粉丝，有人还佩服得五体投地。他不收钱，但三五元总有人给。大家都图个意头。来者五花八门，小职员问前程，老剩女问婚姻，妇人欲借他人之手查出“小三”，偶见肥头大耳、红光满面、腆着大肚腩的中年男子潜来，仿若微服私访的大官，意来求破解吃官司之法，乃某某局长，未几即锒铛入狱。

母亲悻然说，父亲身边老围着一帮妇人，他啥也不懂，全是胡说八道。我也奇怪，这个活计，务必察言观色，旁敲侧击，善心理术，要套人机密非巧舌如簧不可，父亲固然口若悬河，滔滔不绝，但他心直口快，大嘴得罪人，何以能干如此营生？

一次返乡，我有意旁听。父亲说：“早洗手不干了。泄露天机的事，总是不好。”我狐疑不定：“您能知晓天机？”

土法养鸡

父亲毫无生意头脑，有时穷得连买盐的钱都没有。

盐和油也就指望家里的那几只老母鸡，要争气才能以蛋换取。他也种过通菜、生蒜之类去石湾墟卖，但菜的品相不好，人又笨拙，他做事不流利，干的活儿不漂亮，编的竹器不精美，总之形容猥琐，缩头缩脑，小里小气。他经手的每一件事、每一样事物都打上他的印记，透着一股傻气和呆气。母亲常被他气得发疯："做鬼也只能摸鸡蛋壳（村中俗语，意谓不得要领，摸不到好东西）。"父亲做生意最关心的不是赚钱，而是人家不找麻烦，不要连秤杆都拗了，所以一斤给斤二，等于半卖半送。大伯父是种菜的行家里手，一年四季，各式时蔬轮番上市，他又是精明之人，干得数年，已建起了一幢红砖屋。而父亲连菜种钱也亏了，付出的人工和汗水且不说。他不种菜了，改养鸡。

那时候饲料鸡大行其道。但吃过鸡的人都知道跟走地鸡不可同日而语，他执意养土鸡，也算是一个门路。但他这辈子就不可能谋得生财之道。他不信任鸡场孵的小鸡，坚持从家里的那只母鸡开始，先孵出一窝小鸡，小鸡大了，又选养数只雌鸡做母鸡，那个从一只鸡蛋开始发达的民间笑话，到目前为止，都变成了现实。两年后，他拥有了十数只母鸡，这些母鸡带来了数十只雏鸡，为他的养鸡事业奠定基础。按照父亲的设想，不用十年，他的土鸡王国将会在凤凰村巍然屹立，到时四邻八乡的人想吃一口有滋味的鸡肉，都只能来找他，不可能有另一家对手。他的养鸡方式是严格执行传统土法的，不添加任何饲料，只吃谷物、草根和虫豸，全是放养。每天早上挑到山坡上去，跑步，过夏令营，就差没让它们听“鬼仔戏”（即当地盛行的木偶戏，凤凰村人称人偶为公仔，木偶为鬼仔）了。总之，只有保证鸡苗的纯正和饲养途径的严格，才能养出全县独一无二、所向披靡的走地鸡来。“到时，你还担心孩子们交不起学费吗？你就担心你的麻袋太小装不下钞票吧。”父亲这次表现出惊人的口才和感染力，母亲笑逐颜开。她只上过一年小学，担心自己的算术数钞票时不够用。

父亲是性急之人，说干就干。他利用编竹器的特长，劈了几棵竹子，编织了七八个形状各异、大小不一的鸡笼，基本上分三个等级，最小的放雏鸡（小鸡毛茸茸的，黄色的，米色的，还分不出公母）。小的有箩筐般大，大的如竹子编织的房子，用来放刚长成的鸡只，不大不小的笼子，也就放那些刚换毛、刚长出鸡冠、半大不小的“鸡条”。每天早上，父亲将大笼子的鸡挑到猪娘山去放养，小鸡笼由我跟二妹每人挑一担。那时我读初中了，周末回来，都得帮忙放鸡。

我们家没有牛，山上游走着水牛黄牛，牧童在山上玩耍。而我则躺在山坡茂草之上捧一本书读。那些鸡在山上、田地飞来扑去，仿佛都养成了野鸡。有时乌云从中火嶂那边涌起，我跟二妹赶紧将鸡群驱赶并逮回笼子中去。但雨水如软鞭，群鸡惊慌，一味往灌木丛、荆棘簕林中乱钻，只望觅得藏身之所，二妹懂得唤鸡之法，噘起嘴唇，“招，招——”她模仿鸡叫之声，平时总能见效，但碰到大雨来袭，全乱了章法。我们只好硬捉，一时鸡飞狗跳，狼狈不堪，两人也淋得像落汤鸡。到傍晚呢，我们就用米糠及饭米拌好鸡食，拿到鸡笼里喂鸡，鸡们争先恐后，涌入笼中，我们趁机掩上笼门，也就省了驱赶之苦，待将鸡全捉入笼中，天色已晚，父亲总会急匆匆地赶来，将大笼子里的鸡挑回去。

有一次，有只小公鸡来捣乱，鸡冠未红，野性却足。太阳都落山了，稠密的黑暗仿佛从村子的内部升起，并迅速弥漫了四野。我跟二妹前追后堵，那鸡上蹿下跳，拒不就范。它一时跳上树杈，一时钻入竹林，真把自己当成凤凰了。我气得举起扁担，上劈下扫，老树盘根，仙人指路。二妹嚷道：“哥，别打死它了。”我说：“打死正好，今晚有鸡汤喝了。”然而，鸡灵活异常，有时干脆就伫立于扁担梢上，气得我暴跳如雷。

天快黑透了，奇怪的是父亲迟迟不来。我将这个烫手山芋抛给他的想法落空了。这将是我跟这只鸡的事，我坐在地上，强迫自己冷静下来。我们看不清彼此的五官，但还是看到了一小团更浓重的暗影，它在向我移动，轻灵，不疾不徐，我在黑暗中缓缓伸出了手，那团黑影仿佛跳到了我的手里。我攥紧了它。那团黑影发出

"咯啄"一声，我顺利完成了任务。那鸡让我想起了玩捉迷藏游戏时，沉溺太深的孩子躲在最难发觉的匿身之所，没有一个人找到他，最后他忍不住跳出来。他再不出来，别人都要散伙回家了。天全黑了，伸手不见五指。山林寂静，偶尔传来怪鸟（可能是猫头鹰）的鸣叫及风吹林梢的声响。我和二妹坐在鸡笼之侧，连笼里的鸡也在不安地走动。我感到黑暗越来越浓密，越来越厚重，天上没有月亮，四散的星星渐次浮现，像闪光的图钉，又像光亮的小孔使黑布袋出现了漏洞。

父亲在星光下踩着草叶向我们走来，健步如飞。他之前陷身于一桩纠纷，脱身不得。类似莫须有的栽赃，常会降临到父亲这种老实懦弱的人头上。

养鸡最怕发鸡瘟，也就是后来我听闻的禽流感。瘟疫一发，倘处理不当，大鸡小鸡赶赴黄泉，无一幸免。每次父亲一发现某只鸡有发瘟迹象，哪怕仅是耷拉着头，立马将其隔离，以免交叉感染。他尝试过煲中药灌鸡吃，试验了好几个方子及剂量，但收效甚微。他又拒绝镇上的人打鸡针，他的理由是用了化学药剂，就不是正宗的土鸡了。决不可因小失大。

在雨天，就不能送鸡上山放养。父亲鼓励我们去给鸡捉蚱蜢、小鱼和小青蛙，以供鸡吃，白蚁或鲜嫩的草芽亦无不可。我认为那是疯子才干的事，拒不服从。要捉多少只白蚁才能喂饱一只鸡？落雨天，我正好邀了二堂哥到碑头湾钓鱼去，那些钓来的鱼，当然没有鸡们的份。怎么办好呢？鸡们饿得乱叫，一群鸡的吵闹让人无法忍受。父亲从谷缸舀了一畚箕黄澄澄的谷子，撒到院子喂鸡。鸡们疯狂而快活地啄食。母亲心疼了，责备父亲不该这样浪费谷米。这么多鸡，吃一顿够得上我们吃一天了。父亲还嘴硬，说："谷米贵还是鸡贵？谷被鸡吃了就变成了鸡肉，一本万利的账你会不会算，等秋天鸡大了，我出售一批，你就等着数钱吧——"母亲听不下去，跑到厨房忙活了。我总觉得，那些鸡不是吃草根虫子长大的，而是父亲撒谷喂大的。

父亲养鸡作为一桩新鲜事传遍了村庄，光是那一排气壮山河的鸡笼，就像广告招牌引人注目。经常有人来家里找父亲买鸡。开头是在傍晚，后来多改在清晨了。父亲的价格偏低，斤两又足秤。每当有人来买鸡，母亲总要手忙脚乱地去舀糠拌鸡食，就是白米也舍得了。父亲阻止说，人家拿回去就杀了，何必浪费粮食呢。母亲气得跳脚。人家卖鸡总要灌多些食物，邻村的鸡贩子，还要用打气筒推矿砂、用针筒注水入鸡身，就是为了使鸡增添重量多卖钱。喂粮食的做法不算过分，但父亲正派得迂腐。他振振有词："我们是要做大生意的，以后不仅要养一百鸡，还养一千鸡，莫因蝇头小利砸了招牌。现在就当是做广告，让人试吃好了，又不是不收钱。吃过的人保管回头，还会口耳相传，到时你就等着数钱吧。”那句话母亲最爱听，不吭声了。吃过的人，果然不止一次回头。我不知道那些鸡的滋味好不好。我没有吃过。家里第一批出栏的数十只鸡，不舍得宰杀一只，也没轮到父亲去石湾墟赶集，全卖光了。

我总算明白别人挑在清晨买鸡的原因，鸡们还没起床吃早餐，母亲拌了鸡食，端去鸡舍，鸡们睡眼惺忪，垂头丧气，也就没胃口。二妹说：“它们知道大难临头要绝食抗议了。”鸡是卖光了，却没钱赚。

第二年，鸡数量翻番，母亲不由分说，一连宰杀几只鸡供我们饕餮。“反正也赚不到钱，让孩子们开心一下，呵呵。”母亲瞅着我们吃得满嘴流油，咬着牙跟鸡骨头搏斗，不禁心花怒放。我们难得吃一回鸡，连鸡骨头也不放过，真称得上是敲骨吸髓。四弟举着一只鸡爪子，从村头转到村尾，从清晨吃到傍晚，炫耀了一天。在全村人看到他有鸡吃之前，不舍得一口吞掉，快活得像国王。父亲又算了一笔账，反复推敲，得出的结论是没有亏本，但也没有赚钱。他最精于算术及成本核算，种田不肯花多一点力气，理由是人工投入太多，那就亏了人工。总是以最少的投入，求最大的产出。这跟资本家以最少成本追逐最大利润有相似处，可惜父亲有能力降低成本，却没能力提高利润，他在种稻上做到了，养鸡却亏了人工。孩子们每天晚上在山头上捉鸡入笼，权当是玩耍好了。

按照母亲的说法，辛苦养大的好鸡，益了别人。他们花的价钱，连饲料鸡也买不到。一个意外的收获是，父亲养鸡那阵，村人对他客气多了，常有笑脸相迎。父亲以为这是人们对未来大款的尊敬，其实不然。

荣辱皆成往事

父亲一生之中，屡被人欺负，他夹着尾巴做人，仍无法避免。他独有的处世方式，却也让人消除敌意，他屡遭暗算，总能化险为夷。

那一年冬天，村子里的青壮年都被生产队派去离村子十七公里外的“墩”修水利，在罗江边开挖一条运河，将罗江的水引出来灌溉田地。众人早出晚归，中午带了锑煲及米面蔬菜，在河堤上掘地为灶，捡些枯枝败叶当柴火烧饭吃。没有人跟父亲搭伙，他随便弄点吃的。一连数天，虽然辛苦，倒也平安无事。到了第七天，却出事了。天很冷，北风很大，柴火很难生起来。他撅起屁股，像只蛤蟆趴在地上，张大嘴呼呼吹着土灶，浓烟熏得他涕泪交流，好不容易将火生起来。

忽然，他的头上响起“咣啷”一声，土灶上的锑煲像足球被一脚踢出老远，米呀水呀洒了一地。他站起来，还没等他反应过来，就被土狗揪着衣领提起来，双脚悬空。土狗说：“你好大的胆子，我的大衣你也敢偷?”父亲说：“我没偷你的大衣，没偷过谁的大衣。”土狗说：“我的大衣不见了，找遍了河滩没找到，倒在你行李卷里发现了，不是你偷的，难道是我塞进去的不成?”父亲一怔，知道被人暗算了。旁边有几个人在挤眉弄眼，大发嘘声，等着瞧热闹。土狗就要大打出手，父亲说：“你要打我可以，但先得听我说几句。就是犯人被押上刑场，也有申诉权。很明显，这是别人设圈套来挑拨离间，这个套针对你而不是我，为什么这么说呢?我是什么样的人，你很清楚。你是会功夫的人，威风凛凛，我哪里敢招惹你?难道我活得不耐烦了?请你想一想，你打我不要紧，但你出手就被别人当猴耍了。人家说不定还赌你会不会出手。你看看四周的形势就明白了。”那斯怒气顿消，的确，就是借一口水缸给父亲做胆，他也不敢在太岁头上动土，那定是别人的诡计了。

过了两晚，北风呼啸，寒潮袭来，那斯冻得牙齿交战，格格直响，大家有备而来，却无人帮他。还是父亲邀他孖铺（粤语，指两人或两人以上同卧一榻），以半边被施予援手。那斯虽然凶悍，倒也晓得羞愧。

在粤西乡下，每个村庄都有土地庙。土地是镇守此地的神灵，是农民的靠山。初一十五，逢年过节，都要拜神，人有三灾六旺，都求神保佑，指点迷津，觅得生路、财路乃至灭绝仇人之法。土地庙就坐落于园山及黄栌山之间，中间隔着一道长滩，实乃牛洼山之山嘴处。土地庙很小，隐身于一处苍郁林莽中，那个小树林不大，却有古树名木，里面树种多样，古藤如龙蛇缠绕，有一两株巨木，数人合抱而不得。村庄自大炼钢铁的年代之后，只见速生林，没有巨木。林木常受集体斫伐，这些树木乃仅存之硕果。以个人之力，再贪婪亦不敢伐取土地神的树木，在集体迷狂症驱动下的人群，双眼血红，则不在此论。“破四旧”那阵，连庙宇也敢拆，连神像也敢砸。那处小树林古意纵横，有原始林莽之气象。它确是原始林莽残余之一角，可惜如今成了孤岛，正被时代的大潮所冲刷而缩减。它的面积越来越小了，仍有几分神灵之所的气象。那座树林遥望更像是一座法度森严、不同凡响的庙宇，那庙前的两株古樟树如巨人把守着门户。

林间茂密幽暗，鸟雀啁啾，虫鸣唧唧。生长着金银花、白花茶、杜鹃花等等，花朵粉白粉红，香气弥漫。最奇的是仍有几株橄榄树及栗子树，树上果实无人采摘。掉到地上的栗子，孩子却在大人的怂恿下去捡拾。这是神赐给孩子的宝物。成熟的栗子从树上掉落，从暗红而尖刺密布的栗子皮中脱出，珠子般滚落地上，形如圆锥体，比板栗小得多。捡到了，用嘴一嗑，有仁的放进口袋，没仁的扔掉，捡回来让母亲炒熟，香味浓郁，肉质白亮如玉，是世间难得的果仁。每天清晨，都有一群孩子像小兽从不同的方位潜入林莽捡拾，嘴上沾着泥土，笑逐颜开。

我小时候，村庄有栗子树的地方，亦仅土地庙一处了。据父亲说他年幼时，此类野生栗树连同橄榄树、荔枝树、水翁树等野果树，遍地皆是，一年四季，果子摘也摘不完。除了二十世纪六十年代困难时期村民饥馑，有谁去吃野果？在大炼钢铁时的熊熊大火中，难以计数的野果树连同巨木古树一齐被砍伐塞入土高炉。炼铁的结果众所周知，他们砍光的不仅仅是一些在人世间存活了数十年乃至数百年的树木，而是将孩子们的欢乐、梦幻和乐园连根拔除。这些古树一直受到祖先的礼遇及敬畏，尤其是土地庙，原本郁郁葱葱，遮天蔽日，成片均是原始森林，一直延伸到牛洼山的顶部，如今已荒凉光秃，只剩下高及膝头的柴草及灌木丛了。土地庙后头的森林，被砍伐后，辟作了桑园，如今桑园已不知所终。

土地公和土地婆的雕像端坐于神龛之上，八仙桌供善男信女摆放供品（通常有鸡猪肉等及鲜鱼果品茶酒之类），桌前摆放着一张草席，已发霉，沤烂，看来有好些年月了。庙前有一个炉子，烟囱高大，供烧纸钱花红之用。至于鞭炮，那是拜神不可缺少之物，就随便挂在庙前的树杈或藤蔓之上，被火药炸得剥皮露骨，不忍目睹。庙前的空地较大，地面被善男信女踩得瓷实光洁，可窥见高远的天空，阳光透射进来，使林子如开了天窗，异常光亮。这块空地就如绿涛汹涌中的一处岛屿，也正因为跟幽深林莽有所隔离，才不至于酿成火灾。也许是土地爷神通广大，故能确保无事。每年的节日社日（如一年四季的重要节日春节、年例、清明、端午、七月十四、中秋节、冬至等）定要拜神，虔诚者初一十五也少不了，平时有事相求或许愿还愿，土地庙长年到头，香火不断，几乎每天都能听到鞭炮声。节日前一天，亦村中社日，做社有头头支持买猪、杀猪，以太公的名义分猪肉，按户分配，人人有份，抓阄领取，汤粥则每户一碗，以酬神恩。杀猪及煲汤粥，均在土地庙前完成，故庙前的一个灶头，铁锅及几副碗筷平时虽闲置不用，却又不可不备。一年之中，也能用上好几趟。

拜神是个人的事，道公佬（粤方言，指粤西民间信仰的祭司或巫师）却充当着神灵与人之间的中介者，传递着人们的愿望并征求神的看法，再转述给拜神者听，起到了沟通人间与神界的作用。道公佬有一套说辞，其请神时灵魂出窍，全身痉挛，以神的名义告知神的启示，完毕方恢复常态。请神之后，四肢虚脱，大汗淋漓。他们通常有一副牛角制作的卜卦，正面主吉，反面主凶，征求神灵时，抛卜卦以作定论，犹如抽签。道公佬均为能言善辩之士，口若悬河，舌绽莲花，滔滔不绝，总能凭借大神之力，将求神的意愿顺利达成，或五谷丰登、六畜兴旺、生意兴隆、出入平安、子女升学之类，又或降妖伏魔、驱除邪祟，至少让其疑窦或恐惧尽消，全身兴奋或轻松而返。许愿之后必得还愿，道公佬随人布施，并不主动索要钱银，人求神者既让其出力，必得酬报，年节之时，其每日所得，甚为可观。遇到包工头之类的暴发户，道公佬一张利嘴，巧舌如簧，一番吉利言辞让其心花怒放，一两张百元新钞亦是常事。

土地神除了保境安民，庇佑村中人畜，还有为人们指点迷津、排忧解难之能。总之，有麻烦去求神便是。

刚分单干那几年，一个夏日傍晚，大伙儿都在集体晒坪上打谷子，村中的火雷忽诬我父亲偷了他一个崭新谷箩。这火雷人称小霸王，性如烈火，好勇斗狠，至老年稍加收敛，膝下只有一子，却又继承了他的恶霸事业。父亲百口难辩，那两父子咆哮如雷，扬言若父亲不将谷箩交出，就要大打出手。父亲愿以一新谷箩予他，但坚持说没拿过他的谷箩或任何东西。火雷半信半疑，却不肯放过，坚持要父亲一起到土地庙去“誓愿”（面对神灵发誓，以示真实，乃祖先传下的法子，原本绝迹多年，等闲不会动用，除非事关重大）。父亲无法，只好跟着他们去土地庙。我在后头跟着，当时只有四岁多，眼噙热泪，不是很清楚事情全貌，但也知道父亲被人凌辱欺负。父亲燃了一炷香，朝着土地神叩头，然后以手指天，发誓说如果偷了人家谷箩便如何云云。火雷亦向神发誓，说如果父亲没偷他的谷箩，宁愿全家死光，决非冤枉他人云云。当时道公佬在场主持，火雷希望他以神的名义表态。他尽管倾向于对方，但顾左右而言他。说双方既已誓愿，神灵心知肚明，自有道理，大家且先回去。誓愿之后，对方仍索要一个谷箩了事。父亲原本是编织竹器的好手，送其一只谷箩算不了什么，却被平白诬陷偷箩，憋了一口闷气。

到来年春天，火雷老婆忽然很不好意思地将箩筐还给我家，说那箩放在阁楼中，没人偷去，可惜被老鼠咬烂了箩底，是他们搞错了。送还的那谷箩已用坏。父亲说：“找到了就好。”

我们一家七口人在父亲的领导和统治下，免不了像清人在洋人面前，屡遭白眼，饱受欺凌。我想，父亲肯定当不了官，这样的官儿哪有威信？没想到，他在生产队时期，居然做了近两年会计。他称得上是村中的秀才，能写会算，一手算盘打得噼啪响，在数学上颇具天分（二妹继承了他的这门手艺，小学时就跟父亲学打算盘，大学毕业后做会计不是偶然的），中学课本的代数和几何难不了他。他做事认真负责，是个能干活的人。他老实可靠，胆小怕事，在头头看来自是傀儡般的人物，易于控制。没想到老实人也有倔强处，也因为胆子小，故不敢以身试法。当头头令他将谷种私下分掉时，拒不合作。就这样，他被队长踢走了。他在会计任上，也做过两件堪称武勇之事，至今仍为人们津津乐道。一件是智取脱粒机，还有一件就是在全县率先分单干。

那一天，父亲带人去石湾大队抬脱粒机。那种脱粒机张着血盆大口，口里有一个镶嵌着铁钉或铰轮的滚筒，外壳包着铁皮，看上去像巨大的老虎头。脱粒机靠发电机发电运行，利用皮带将电能传递到脱粒机上去并使其驱动，这条皮带就是关键。当时，大队只有两台脱粒机，但村庄有二十多个，在农忙时节，村民为了争夺脱粒机不惜打破脑袋。父亲先到，邻村生产队长李飞却恃强硬抢，先下手为强，带人将脱粒机抬起就走。谁知父亲二话不说，顺手一抽，早已将皮带攥在手中。李飞冷汗直冒，没有皮带，就是将这铁家伙抬回村庄，也无济于事。大队干部捧腹大笑。李飞窝着一肚子火，但无可奈何，如果是在村庄，他早已大打出手了，大队却不是撒野的地方，只好乖乖地将脱粒机让给凤凰村人，板着脸走了。这可能是父亲做过的最机智的一件事，当我向他求证此事，他却一脸惘然，全忘了。

一九七九年春夏之交，父亲将凤凰村生产队（当时隶属于化州县官桥公社石湾大队）的田地全分到了各户手上，当时全县尚未听闻有人“分单干”（即分田到户），这称得上是胆大包天。

那时，母亲要照顾孩子，拿不到高工分，尽管父亲是会计，分配粮食时仍屡遭欺凌。那日子没法过了。生产队吃大锅饭的弊端越来越显露，偷奸使滑的人居多，即使按时出工也不出力，只是为了挣工分，而不是用心搞生产，都将力气积攒起来经营自留地了，哪儿能将生产搞上去呢？不唯独凤凰村，全国农村经济都到了崩溃的边缘。只是信息闭塞，各村情况几乎一样，相邻之间互不通气，上下阶层亦淤塞不畅。村里的每个人都想分田单干了，就是以顽固奸狡著称的队长三葵也不例外。分单干的好处明摆着，起码靠田地就能养活人。如今全村人都恨不得分田到户，这是唯一的活路了。然而分单干关系重大，俨然是跟政府对抗，弄不好那可是触犯国法之事，谁敢出头？那几个头头去忽悠父亲，先给他灌迷魂汤，说父亲精于算术及丈量之法，没有他出面主持，全村没人分得开。父亲没有犯迷糊，也知道分单干的风险，但想这既是生产队几个头头的决定，他只不过是执行者，而这也是全村人的福音。这件好事不能不做。确实只有他才有能力分开田地。他相信这一步不会走错，一定会没事的。生产队是兔子的尾巴长不了，他一向自诩对形势大局洞若观火，从没看走眼。但他分田之前，还是仔细翻阅历书，挑了个黄道吉日。

父亲按人口分股，将田地按好坏（好坏是按肥瘠、远近、水旱等情况划分，大片稻田则分割成小块）等级分成小股，之后各户抽签。总之保证每户都有好坏，好的归入一个等级，次的及差的亦归拢一堆，在七月底全分到各户。当时，上头亦有些分单干的苗头，各地风声隐隐约约，但不说分单干，“家庭联产承包责任制”还是后来的提法。只说拆队分组，还算集体经济。

父亲回忆说，一九五四年成立农业合作社初级化，表明入社自愿，退社自由，但在一九五五年就暴露出了公社化的危害，老实人吃亏了，精明人占便宜，就有人要闹着退社了。上头有令，不允许退社，否则只分得村头垌尾最差的田地，良田仍留在队里。见恫吓阻止不了退社的人，又升级为不分田地，那些人仍要退出，宁愿另谋生计，譬如去开荒或搞副业也好，虽没有所谓集体庇护，却得自由自在。这可能是乡村最早的朴素自由主义者，这些人天性渴求自由，唾弃束缚。这样的人不多，却都是有想法的刺头儿，让头头们头痛。上头又出新措施，即使自愿放弃田地，亦不准退社，否则大牢伺候。亦不全是公然以退社定罪，譬如退社的人，要谋生计，有时去山头开荒，雨天未免有黄泥水注入田垌中，又或去田垌捉鱼，将溪水坑渠搅得混浊，就被诬以破坏集体农庄的生产农田建设。总之，欲加之罪，何患无辞。邻村有个人拒不入社，被抓去九庙（位于化州旧时西城角的一座古庙，过去多用于关押疑犯及滋事民众）监禁，不久就丢了性命。到一九六〇年左右，基本上没有退社的人了。

至于凤凰村人，向来缺乏反抗传统，历朝历代，均为顺民，倒是识时务者为俊杰。一九五五年有社员闹分单干，到一九五六年，单干已销声匿迹，直到二十三年之后，才又有分单干事。凤凰村生产队是石湾大队最早分田到户的，受凤凰村影响，邻近村庄纷纷响应跟风，到年底，石湾已有三分之一的村庄分开了。

到了十月，县里对分单干还是坚持生产队争论不休，两股势力两条路线激烈交锋。分单干的暂居上风，在县里召开大会，让凤凰村派代表去介绍经验。队长三葵人模狗样出席大会，胸戴红花，唾沫乱喷，说是应广大社员要求，自己如何冒着触犯国策的风险，精心谋划，运筹帷幄，排除万难，将工作落到实处，抱着为人民服务的宗旨，分田地分得大伙儿心服口服，无一争执，个个额手称庆。这是一次兵不血刃的改革，顺利平稳过渡，分得团结、和谐和胜利。当然，这也离不开上级领导的支持和鼓励，否则不可能取得这次重大胜利。

在敏感时期，父亲作为生产队会计到官桥公社（当时石湾大队尚隶属官桥公社）开会，会议的精神主要是学习关于上头肯定分单干的文件，可谓正式铺开分单干的吹风会。父亲也不说凤凰村早已分开。但会上仍有两种声音此起彼伏，有某领导宣读了《红旗》杂志的一篇文章，称安徽省凤阳县某村分田到户后，大片土地被肢解成小块，拖拉机、收割机等大型农业机械已无法发挥作用，粮食大大减产，从大跃进时代的亩产万斤降到了四五百斤。而分单干后，集体凝聚力大大受挫，个人英雄主义及自由主义逐渐抬头，还有人鼓吹资产阶级人性论，一时村中世风日下、道德沦丧云云。我问父亲文章的标题及刊于哪期杂志，他又答不出来。当时有一份报纸在众人中传阅频繁，有人咬定是《××日报》农村版（即《××农村报》前身，巧的是，我曾在该报服务过八年），上有一雄文曰《八月崩堤》，虽然不敢公然肯定分单干的事实及好处，但客观报道分单干已成燎原之势，暗示生产队及公社化如洪水决堤，不可遏止。与会人员自然嗅到了风向。开会三天，顿顿饭皆有肉粥吃，以往只有青菜豆腐。不少人都说，作为生产队会计开会，这怕是最后一遭了。

有人偷偷讲述了一件可怖之事：邻近某县山区，有一个生产大队将田分到了小队，其中一小队乃兄弟三人，队里又分到家庭，结果公社书记闻讯大怒，将大队长抓去游街。当天晚上，该大队长一口气咽不下，上吊自尽了。公社书记亦被告到县里锒铛入狱。由此看来，这分单干之事，云谲波诡，形势变幻莫测，大伙儿还是小心为妙，切莫陷入是非之地，以免无力脱身。

没想到，到了十二月，风云变色，朝令夕改，上头严禁全县农村分田到小队，更不允许分单干了，已经分开了的，必须实行“箍队”（取箍木桶之意，即将散乱桶板用铁线箍回桶状，密不透风，隙无漏水，堵住一切漏洞）措施。邻近不少村庄无奈之下，纷纷“箍队”。

上头前来追查，曾去县里胸戴红花、推广经验的生产队长三葵将责任全推到了父亲头上，说：“我是个文盲啊，又不识数目，分田地这么复杂、繁琐的事，全是会计去完成的，与我无关，要找人箍就找他去。”

县、公社、大队三级干部组成的联合工作组近十人，就驻扎在旧祠堂剩余房舍改建的村小学中，摆开阵势，气势汹汹。父亲被带到诸人面前，就如县老爷升堂，要求父亲必须在三天之内“箍队”。父亲据理力争，说：“泼出去的水，怎么收得回来呢。”他觉得形势瞬息万变，很难跟得上，行动不如变化快，要箍容易再分就难了。当时分得干净利落，那是所有社员都支持。现在要“箍队”，就没有人支持。这些官老爷踞坐高堂之上，吃得脑满肠肥，哪里晓得农村的实际情况。那时我五岁，跟在父亲身边。有个干部大声咆哮，说：“如果不执行‘箍队’的命令，就让你去九庙喂蚊子！”又有一人说：“不跟他废话，关他几天再说！”工作组有数人冲上来，如狼似虎，左推右搡，父亲如风浪中的小船，左摇右摆，无法立足。我抱住父亲的大腿，一股恐惧袭上心头，哇然大哭。众人暂且停手。父亲抱起我说：“莫怕莫怕，爸爸不去坐牢。”头儿厉声说：“坐不坐牢，由不得你，由我说了算！我再问你一句，你到底箍不箍队?”父亲说：“不是要跟你们作对。但箍了还是要再分的，大家放长眼睛等着瞧吧——”

四下里忽然鸦雀无声。那种死寂气氛让人压抑。我又号哭起来。那次会议，开成了针对父亲的批斗会。后来还找了他几次。他顶住了压力，不肯让步。

父亲这辈子胆小如鼠，凡事不与人斗，更不敢出头，别人抢占田地，总是退避三舍。但也奇怪，他天生不怕官员，曾因公事三番五次跟石湾大队书记及公社书记据理力争，对方理屈词穷，无言以对。那几天，父亲虽然嘴硬，却也如惊弓之鸟，惶恐不安，真要抓到九庙去，就身不由己了。好在不到一周，就传来了省报刊登的社论，肯定了各地分单干的做法，父亲方才免了工作组的纠缠。到一九八〇年正月，上头下了指示，散发红头文件，省城的报纸都登了相关文件及政策，不仅可以分到小组，还允许落实到户，报上说中央都肯定了“分田单干”，并更名为“家庭联产承包责任制”了。拒不分单干的，就划到“四人帮”那边去，即使想不分也不敢了。一时之间，全县各村陆续分田到户。分单干后，要上缴国家的公粮、购粮、三超粮、教育附加粮等诸种税粮，分田到户者必须按田地多寡完成相应的任务。过去是“交够国家的，留足集体的，剩下的（还能有多少）都是自己的”。现在呢，就省了集体截留这一块。一时老百姓欢欣鼓舞，父亲悬着的一颗心才放下。

那次我受了极度惊吓，发起高烧来，父亲煲了几剂中药无效，只好采取近似巫术的“喊惊”方法，方让我痊愈。

分单干之后，很多人家都逐渐富裕起来了。分单干比生产队时期优胜，不仅是说后者吃大锅饭及分配不均的问题，而是将人奴隶般囚禁在村庄，不可脱离半步，这就从根本上制约了人的自由和生产力。分单干不仅在于各人种田积极性更高，而是人得以脱离束缚，自由流动，并从农事及田野中抽身而出，使经营工商业有了可能。通常的做法是，妇女驻守村庄，耕田并带孩子，男人则走南闯北，打工赚钱。那段时期，是村庄最热闹最繁荣的日子。大人早出晚归，虽然辛苦，但神色宽慰而生动。孩子们整天在村巷或晒坪上嬉戏，不知疲倦，欢声笑语不绝于耳。村庄成了一个乐园。没几年工夫，村庄越来越兴旺了。大伙儿除了耕田，还搞起副业或外出打工，劁猪匠福兴挑起担子穿村走寨去阉猪。除了前队长三葵家，村子又多了十几幢红砖屋。拉上电灯之后，整个村庄连夜晚也亮如白昼，接着，电风扇、收录机和电视机也搬入村庄了。毫无疑问，这个古老的村庄，它最辉煌的黄金时代已经到来。

大伙儿显得精神抖擞，以前那种饥饿之色及木偶的神情消失殆尽。他们挣断了拴在四肢上的看不见的丝线，或者往躯体贯注了灵魂。这才是人。二十世纪八十年代是凤凰村种粮的黄金时代，家家户户热情高涨，黄澄澄的谷子满仓满筐，番薯、芋头、毛薯之类的杂粮堆积如山，萝卜干、大豆和酸菜之类满钵满埕，可谓一举解决了温饱问题。有劳动力剩余的家庭，或进城务工，或搞副业，遂有余钱，锅里也有些油水了。炊烟升起时，晚风吹拂，温馨阒静，煎咸鱼、炒猪肉的香味弥漫于村巷中，让人沉浸于田园牧歌之中。

分单干后不久，田地山林亦分到各家各户之后，接下来就是重新分割宅基地，面积按人口分，但宅基地有好坏之分，诸如风水、地质、朝向等等，仅面积平等尚不算公平。好地全被村中的生产队长、村支书及道公佬等村中几个实权人士掌握在手中，将屋背山地势较高、瓷实的最佳地盘瓜分一空，稍为打地基即可建房子。屋背山两侧，西面靠近坡禾林及小河边，东侧跟门口垌相毗，再往东就是门星岭，稍好的，当权派的走狗和爪牙亦能分一杯羹。像父亲这样的老实人，既无靠山，人又懦弱，结果只分到近门口垌樟木头处的一大丛竹林之地。要建房子，得先将竹林辟掉，挖光竹头，方谈得上平整土方。这片竹林是公家的倒也罢了，却偏是某家私有的，当时队长要整治该户，该户无奈同意让出竹林地，却提出一个条件：要地可以，却不得碰他一株竹子。这是一个难题，亦隐含反抗与挑战之意。既已分给父亲，队长不管了，他只等着瞧热闹去。父亲稍为处理不慎，必起事端，可谓危机四伏。去年就有人因宅基地之争，双方动武，有人被锄头砸得头破血流，用双轮车拉到镇卫生院抢救才夺回性命。

父亲找上门去，跟人家商议："这块地不是我要夺你的，而是队长分的，如果我不要，就没地方建房子了，望能体谅我。"对方说："我不管，地是你的，竹子是我的，你不许动竹子，我就靠这一林竹子围园织畚箕了。你动了，天王老子也不给面子。"父亲提出帮他将竹子砍伐了，卖给靠近火车站的谷山村人织筐用，也是一笔收入，而又不用他们动手。众所周知，竹子要年年砍伐，方才发笋多竹。而竹头呢，帮他扛到鬼落山去种，一丛不少，竹子还会源源不断，只是挪个地方。对方见父亲说得诚恳，有点感动。他也知道队长等着他们火并瞧热闹呢，实在没有比父亲的方案更给面子的了。他强调说："砍竹子和重新栽种，工程浩大，我可不会帮你。"父亲说："这个由我负责。"

于是，在随后的数月中，父母每天都在那片林子上折腾，先将大斑竹、火格竹、单竹、篁竹等各种竹子砍伐，去掉枝叶，捆扎成把，堆积于一隅，等竹主找人来收购。其他竹子好伐，就是大斑竹粗如海碗，坚韧硬实，是做竹排的材料，编竹器都嫌它不易削制，其砍伐难度不亚于硬木。母亲撼动不得，只好由父亲出马。大刀、手斧砍崩了几把，磨刀石也磨蚀了好几块，方才将那片竹林砍伐完毕。而更艰苦的工作尚在后头，竹头盘根错节，老竹头跟嫩笋芽犬牙交错，牢牢扎根，体积庞大，其难度之大，比挖木头尤甚。父亲先将泥土刨开，再将竹头分割成小块，方才小心翼翼地铲断根须，却不可伤筋动骨，以保证能种活。说是小块，但每丛竹头连带泥土，亦有一两百斤。父母将挖出的竹头又扛到小河对面的鬼落山坡地上，就挨着那个老林子旁边，从山脚渐次往山坡上栽种。父母费了九牛二虎之力，花了两三个月时间，才将那片竹林夷为平地，算是辟出不错的宅基地来。那时我只有六七岁，帮不上忙。但见父母像两只蚱蜢在竹林及鬼落山上疯狂蹦跶，疲于奔命，今日思之，犹有余怵。

等宅基地平整出来，这块地四面的人家建房子时，就觊觎这块肥肉了，或巧取豪夺，或暗中蚕食，一块四四方方的地，犹如一只饼干先被咬掉四角，变成圆形；等第二轮蚕食开始，又变成了方形，只是面积缩小一圈。父亲步步退让，左支右绌，又没有能力建房子，就如晚清政府抵挡不住西方列强的步步进逼，丧权辱国，还丢失了大片领土。一块两百多平方的宅基地，只好以一百五十元的价格卖给了大伯父。大伯父拟再建新居。另外，他在村中也算得上是能人，他人顾忌三分。父亲白忙一场，仍然没有宅基地。他打算在门星岭旧晒坪上方开辟一块出来，坐北朝南，位置不错，干了个把月，工程实在太大了，又半途而废。虽只获得一点报酬聊作安慰，父亲却暗中松了口气。

据说原竹林主人早已磨利刀斧，准备跟强抢竹子的人血战一场。幸好父亲处理得法，一再忍让，吃亏在所不计，方才避免了潜伏的事端。

父亲常说："吃亏不要紧，吃亏是福，关键是人平安无事。小鱼在河里活命不容易，要学会避开大鱼的牙齿。"

前几年，他赶集被人骑摩托车撞倒，虽无大碍，但伤筋动骨，也卧床一月有余，他也不索要汤药费，说："算了，人家也不是有意的，人家撞了人，心里也内疚，何必为难人家呢。"人家有没有内疚，旁人不得而知，倒是如蒙大赦，骑车一溜烟跑了。剩下一个糟老头子跌翻在地，哎哟呵唷，痛苦万分，及至母亲闻讯起来，才扶他去疗治。

命运的岔路口

我不解父亲在村庄受尽欺凌，何不远走高飞另觅出路呢？父亲这辈子去过的最远的地方，除了我初中毕业那年带我去邻县嵩城的某中师注册未遂，就是距离村子十来公里的县城，他十二岁卖炭时已初涉此地。他无意于远行，恐惧于陌生之地。他也不能坐车，一上汽车就头晕眼花，口吐白沫，几呈休克状态。因此，我在省城近二十年，他未能来看我。村子到县城往返间，过去他多是花五六个小时徒步，现在学会了骑三轮车，时间就节省了不少。但他骑得慢，也得花两个多小时。

父亲对外面的世界有不安感。他对未知事物总是充满恐惧。到外头去，他无所适从，一头雾水。在村庄，他可上山开荒，下河捉鱼，无论如何，总能对付一日三餐。他在村庄虽屡被欺负，但也找到了一套与之周旋而自保的办法，虽然吃点亏，丢点面子，但毕竟是同族之人，总能保存性命及生存下去。因此，他几十年龟缩在村子里，连帮人做工，也不离开石湾水。成家后，他热衷于生育，固执地认为最宝贵的是人，他将毛主席的名言“人多力量大”奉为圭臬。三十年河东，三十年河西，坚持到底终究有翻身之日。数十年之后，当年的强横凶徒，大多已遁黄土，苟延残喘者也多成了五保户。有不可一世的大家族，说败就败了。除了几堆黄土，没留下一个人。他信头上三尺有神明，只要一生良善，清白做人，就有路走，有好日子过。父亲清白做人，很少人能像他那样干净。

他一生中有几个命运的岔路口，然而总是止步于可能的道路。他第一次想去湛江做工，被祖母阻止。他追述往事时仍掩不住遗憾，那可能是他第一次想逃离村庄。改变命运的第一个契机，出现于一九五八年。当时，阳光毒辣，绿蝉在疯狂地鸣叫。每一个人都在炎热中躁动不安。一个父亲从没见过的陌生男子走入了院子。他是一个远房亲戚，一直在湛江海边挑海盐。他给父亲捎一个消息：远洋海轮正在招募水手，他想带父亲一起去。父亲面前浮现出了无数次在梦境中出现的海面，蔚蓝、辽阔，那种神秘的黑蓝无边无际。他感到一种沐浴着海上日出和咸涩海风的新生活在召唤着他，他没有见过大海，但很喜欢，恨不得马上跟远房亲戚离去。

但祖母坚决阻止父亲，她委婉拒绝亲戚并送他走后说：“这人我太了解了。他靠不住，他从来就没有干好过一件事。他这次肯定不怀好意。解放军早些年解放海南岛，还都是坐木壳船呢，说什么远洋海轮？”父亲说：“你到过湛江吗？你没去过就不要乱说。不管有没有海轮，我是去定了。我不要他，我自己就可以去！”父亲迈出院子。突然传来大伯母惊惶的哭喊：“阿水（父亲的小名），你赶紧回来呀，你妈妈要自尽啦——”父亲猛然回头，只见祖母脸如死灰，拿一把菜刀横在脖子上。他屈服了。祖母哭着说：“不知死活的家伙，听说那边很乱啊。你要到哪儿去都行，就是不能去湛江。”他最想去的地方就是湛江，因为他太想看海了。成年之后，他将名字改成了“大海”，以纪念无缘相遇的海域，而至今未曾目睹过大海的模样……

后来，还有做小学教师及学兽医的机会，这都是父亲喜爱的。但教书的差事被村支书安排给了自己的侄女，当兽医也受到阻挠，生产队长拒不盖章。在那个年头，队长不盖章就寸步难行。二十世纪七十年代末，他还有一次当兵的机会。湛江地区挑五十人，父亲榜上有名，这是天赐良机，父亲却不愿去了。后来我说他太傻，他认真地说：“我做了军官，肯定在城里再娶一个年轻貌美的老婆了，还要你和你妈？”那一刻，我良久无语。

我想起平时常顶撞父亲，每次都很难受；倘若要在分歧上跟他对抗，则更加困难，双方都很痛苦。父亲是我最密切的人，最爱我的人，却让我感到难堪和压抑。

我也爱他，但愿他过得稍为自在而不得。这不得不让我反思中国式家长制的教育，我曾以为父亲对我没有望子成龙的想法，从我高考的那年看，发现不是，但还是感激他没给我更大的压力。他不期待我升官发财而光宗耀祖，只是希望我走出村庄不用种地罢了。当我考取大学，已远走高飞，他对我的影响已微乎其微。我后悔昔日跟他怒目相向及争吵不休。他在物质上素无所求，而他的精神世界也已胶固定型，既守旧顽固，又自给自足，自成一天地。我的意见对他不会有任何触动。每一个人都有他的道路，他只会按照他的方式去生活才舒服，不必强求亦无法强求。

父爱如山

我的童年苦乐交替

早在二〇〇三年，我为了分析自身性格之成因而撰写长篇散文《少年史》时，曾影影绰绰地触及了这个问题，为什么我天性忧郁而父母乐观？我排除了社会因素诸方面而触及了成长背景及家庭关系，我只触及了家庭贫困饱受村人歧视和欺凌之类的外部原因，甚少考虑到家庭内部的重重矛盾，尤其是父亲对我生命中不可承受之爱（那近于压抑和禁锢），恐怕是我忧郁而孤独的根源。这个想法，是我刚写长篇散文《田野的黄昏》时，返乡探亲跟父亲发生冲突时突然醒悟的。那是二〇一一年五月初。

父亲对我的爱博大而狂热，也简单、质朴而扭曲。他向来自以为是，独断专行，他认为他的想法才是唯一正确的，我必须服从。他从未想过我年近四十，是一个人，而不是一个只会执行指令的木偶，我也有想法。吊诡的是，在我少年时代，只有按照父亲的那一套行事，方能事半功倍，稍有偏差即碰得头破血流。父亲仿佛每次都是对的，问题很简单，游戏规则就是大人所熟谙和制订的。我从十六岁起，就尽量避免跟父亲争执，尽量按照他的意愿去行事和生活，却在暗中进行沉默而有力的反抗。否则我别说寸步难行，恐怕连呼吸和喝水也无所适从。他爱我，却让我烦躁不安乃至饱受压抑，尽管这种压抑是出于爱的名义或无心之举，跟卡夫卡父子的关系有相异处，但殊途同归。我跟卡夫卡相似的是，第一个不可能粉碎的障碍都是父亲，然后才是女人以及其他世界的本质。我想父亲如此爱我，才让我这般痛苦，倘若他对我稍为松懈和忽视，我是否因为有透气孔而稍感轻松？

尽管我在省城工作，父亲在化州乡下，一年相聚不过数日，却度日如年。我难以忍受父亲精确到秒、全天候全方位的关心（譬如他事无巨细，会关心我的吃饭喝水乃至睡姿、蚊叮、拉撒之类，一夜里从不睡眠就为了我能睡好。待我睡着了，却又蹑手蹑足过来问我，我儿睡着否。他在我幼时就是这样做的，而他不解我长大后不再受用）。我对父亲刻舟求剑式的关爱无所适从。每次总是不欢而散乃至争吵不休。有时，父亲让我百感交集，潸然泪下，世上不可能有更伟大的父亲了。有时，父亲也让我烦躁不安暴跳如雷乃至全身颤抖而近于崩溃（即使在冷静和理智下撰写此文时的此刻，我仍认为父亲的某些做法太乖戾太暴力了，几欲让我窒息）。父亲不会反省这些，他没想过去理解一个人，聆听他的内心。他只知道必须为我的每一件琐事或大事设计出一套繁琐而严密的计划，克服一切阻碍（主要是来自我的反对及抗争），全力推行，直至完满竣工并出现他所预期的效果。他只知道去爱我。他不知道两种以上的爱或爱的反面，不知道爱有时会变成毒药及利刃。他的絮叨及反复让人厌烦，罗家英饰演的唐僧在香港影片《大话西游之大圣娶亲》中对牛头马面布道的福音，最终将小妖送上西天。这是父亲无法理解的。当五弟播放这出影片时，他说："周什么驰的电影，太无聊了。"

他对我的爱有多深，范围有多广，程度有多浓烈呢？要体验或追忆并不困难。即使是搜索例证亦可轻易做到，难的是要用笔墨描述这种在施者心中无比单纯而甜蜜的情感，到了受者身上却变得错综复杂而百味杂陈。他让我在身体和心理上承受的压抑，几乎使我成了抑郁症患者，而他全然不知。他没听过这个词语。我说，就是神经病、精神病患者，就是发疯、白痴、黐线、二百五、十大戆之意。他说，那不会的，你心烦时就去抓服中药吃，我上次开给你的有蒲公英、土茯苓和紫花地丁的那服。他像孩子般单纯而天真，也像智者沉着自信，而不轻易发怒。是的，他对话语有极端的迷恋、嗜好和耐心，他好与人说理而不惜长篇大论，条分缕析，但从不察言观色，而只顾滔滔不绝一吐为快。他没有苏格拉底的博学、严谨和沟通技巧，却像苏格拉底那样容易将人激怒。他像公案中的禅师锋锐而不留情面。他一句话就将村中的任一个人得罪而不自知，他打算再说一万句。他绝对不是有意为之。他自以为掌握了真理并沾沾自喜。他不懂得半点沟通术。他只说真话。在我们这个国度，说真话从来是要撞板的。每一个人都会按他的天性做事，一辈子都不会改变。父亲年逾七十，至今仍没学会一点世故及如何待人接物，让所有接触他的人充满鄙视、讨厌和愤恨，甚至包括他的妻子、儿女（尽管也有着爱与怜惜并存）。

父亲对我的宠爱（对我弟妹一视同仁，仅以我为例）完全超出了父爱的含义。他疼爱我的方式也匪夷所思。如果父亲认为是无害而又有能力的，他对我总是有求必应。如果他认为那些要求是有害或触犯禁忌的，就决不会允许，但总会以别的方式去补偿我，如弄些好吃的或给我讲故事之类。他想方设法让我快乐。有时他做到了，有时适得其反。

我的童年是快乐的，也是痛苦的，大多数时候苦乐交替，这岂非正是人生的底色？这符合生活的辩证法。不管快乐还是痛苦，我都是被动的接受者，这一切均拜父亲之所赐。我想探讨的是，父亲是希望我开心的，为什么他的行为让我走向反面？我能记清楚的第一个对父亲的要求，是三岁多时，途经过江埠时，我非要挑着粪肥的父亲同时背我过去。我原本可以踩着浅滩涉水而过的，结果父亲在过江时踩着了玻璃片，几乎将他的脚板剖成两半，鲜血汹涌而出，即使是粗通中医的父亲，也忙乱半天才靠草药止血。父亲当时没生气。他也许忘了。

家里有好吃的，他总不舍得吃，他跟母亲笑眯眯地望着我吃。譬如杀一只鸡，我吃得撑不动肚子了，他才夹起鸡头。后来，四个弟妹陆续来到人世，他像大海将爱分给了每一滴水，分散了，但从未减少。他就叫“大海”。他不让我干活，农活由他承担，家务活由母亲包揽。我比别的孩子更游手好闲，更轻松自在。那几年，我无限快乐。我没有的只是干活的自由。我顶多是带着二妹在村巷游荡，有时在庭院晒太阳，有时在林子捉蝉，或在晒坪上玩过家家之类的游戏。

阿地母亲取笑我说：“你爸在竹箕山上开荒，晒得龇牙咧嘴，汗如水泼，你倒好，满村里闲荡，也不去帮帮忙。”

我常召集一帮孩子在屋背山的空地玩游戏。三五岁到十来岁不等，人少就玩“分朱家窝”“走翻”“走镬头笃”（两人玩的石子棋，在泥地上画出图案做棋盘，以石子为棋子），人多就玩“踢鸡蛋”“打五发”“打游击”及“半山水”（三人或三人以上玩的追逐性游戏，虽有肢体接触，但较温和）。有时也玩暴烈的，如“踢黄牛”“摸头骨”“攻营”（多人玩的模拟打仗类游戏，注重攻防、格斗之类，场面相当激烈、火爆），一时屋背山上飞沙走石，热闹非凡。我是有名的孩子王，往往游戏进行到中途，各家孩子都被其父亲揪着耳朵驱赶去干活，空地上只剩下我一人。有时，好不容易见邻家的阿德放牛回来，两人兴冲冲地玩一回“捉大猫”之类的石子棋。我们在沙地画好棋盘，刚摆开阵势，阿德他妈就执着竹鞭冲他小腿抽来，说还不去割猪草，死仔德！你不要学人家，人家命好，人家闲过狗虱，但你有忙不完的事要做！我眼瞅着棋盘，脸上涨热，我像一个地主的儿子那样无用与无聊。

农村的孩子太忙了，他们难得有空闲，每天不是放牛、扯猪草就是砍柴挑水，而我闲得像个少爷。他们不要说没有玩具，就是玩一下也不得。我脑里有一两百种游戏，却找不到伙伴来玩。后来遂有了《乡村游戏》一书问世。

我有时闲得发慌，就去河边洗衣服或上山砍柴草。父亲坚决禁止，我干了几次后，他的禁令产生了效果。那时我并不觉得受挫。毕竟，干活很辛苦，开头还过瘾，干久就怕了。父亲不允许我干农活，是担心将我累坏了。我幼时体弱多病，成年后体质羸弱，是否跟我很少劳作有关呢？这是父亲没想过的。邻家孩子十来岁起，就得上山砍柴，下田掘地，挑担，大人干的重活累活一样不少，一担上百斤的粪水将稚嫩的肩膀压得红肿一片，几乎将他的身躯像敲钉子那样敲入地底。无论如何，我在少年时没吃过苦头。我大些后，参与一些插秧、割稻之类的农活，父亲不阻止，仍甚少让我去挑重担。他认为我力气小，莫影响了发育。

说话是父亲的兴趣及强项，尽管思维古怪，有时颠三倒四，含混不清，但很能说。他一连说上几个小时仍声若洪钟，连水也不用喝一口。我童年的主要娱乐就是听他讲故事，他无论再累再苦，每夜都会给我讲几段。他的叙述及描绘并不高明，但故事本身很精彩。

他讲的故事主要有如下几类：一类是来自四大名著、戏曲、话本之类的故事，如“醉打蒋门神”“三调芭蕉扇”。奇怪的是，他曾再三告诫我说：“《红楼梦》是一本坏书，千万不要读。”他是从诲淫诲盗的角度去理解的吧。我高中毕业时买了本《红楼梦》，问他："有没有读过?"他说："没有，但全是儿女情长的，谁不知道?"这影响到我一直不喜欢《红楼梦》，前几年，我强迫自己读完了前八十回，仍认为这部伟大之书于我无甚价值。而我偏爱《聊斋志异》。一类是跟祖先宗族有关的掌故及乡间流传的民间故事，譬如黄应国私铸铜钱、化州活济公刘纯、化州机智人物陈鉴三戏祝知州，均在本邑流传深远，脍炙人口。又有一些出处不详、年代莫测的幽默故事，如"兄弟分家""傻仔拜寿""葫芦仔""大吉利是""买薄箕炊"等等。有的标题粗俗，但乡野气息浓郁，鞭挞丑恶，同情弱者，情节生动，口语鲜活，讽喻性十足，地域色彩浓郁，乃是民间故事珍品，恐怕仅流行于化邑周边。此类故事最多，怕有一百多个。我读大学时无米下炊，曾整理改编了十数篇刊发于故事杂志，有稿五千言得稿酬逾三百，乃父母一个月做"薄箕炊"穿村过店售卖之所得。这里头的劳动，除了叫卖外，之前还得收集柴火、磨米浆、炊糕等多场硬仗要打，光柴火就得用笊篱去山上收集木叶并挑回来，在炉膛上烧掉了三四千斤。

我曾用普通话讲述给小女听，依然逗得她呵呵大笑。近几年，我让父亲复述那三十年前听过的故事，但父亲讲得拖沓而啰嗦，我没耐心听他讲完任何一个了。我曾百听不厌的故事，都差不多忘掉了。

还有一类，是跟历史或社会事件沾边的，譬如什么二战、苏修、抗美援朝以及解放前中火嶂游击队跟石湾乡兵在凤凰村山头一带驳火、“文革”时武斗之类。此类故事虽披着历史外壳，但多是道听途说或随意杜撰及发挥的产物。

有时他突然蹦出一两个英语单词：搓泥薯（Chinese）、应掘番薯（English）、谷摸泥（good morning）之类的古怪发音，然后翻译成中文，说是要教我英文。父亲乐于跟我讲故事，在那无数个夜晚，吃罢晚饭，洗脚上床，父亲先用嵌着玻璃灯罩的煤油灯将蚊帐内外的蚊子一一烧死，然后开始了他那绵绵无尽的讲述。他总是不假思索，张口就说，仿佛那些故事就贮藏于喉咙里头，肚子里有数不清的人物、事件和地点。在炎热难耐的夏夜，父亲手摇葵扇，我们坐在或漆黑或有月光的院子纳凉，驱蚊用的“秆传火”吱吱地冒着白烟，他开始了有趣而漫长的讲述。

有时我嫌中药汤苦不肯喝，或撒泼不吃饭，父亲开的条件是我吃完了，就讲十个故事。不用十个，讲到五六个，我已沉入梦乡。父亲越讲越精神，越来越大声，他沉浸于故事本身和他激情充沛的讲述之中，而没留意我睡着了。这是他的作风。多年以来，他跟我交谈或通电话，不留意别人是否在听，重要的是他在讲。一个问题他从无穷尽的角度去围绕着述说，没完没了。他连自已的话也不听，而只是在说说说——然而，他毕竟是因我而讲述，他从来就没有对着一块石头或空气发表过任何演讲。他在卖力地讲好故事，而让我快活。他被自己的讲述打动了，而忘了正在讲述而儿子在听（或应该在听）。他忘我。一九九四年，我给《中学生博览》写的一篇自传性文章中，说父亲是我的文学启蒙者，民间文学给了我最初的文学养料。一篇中学生写的文章是好笑的，但我承认那句话的真实性。

那些温馨的时刻

在夏夜里，蚊虫太多。我被叮咬得奇痒难忍，暴跳如雷，我拿那些小虫子毫无办法。父亲说："不就是蚊子吗？用不着发火，动点脑筋就能解决。"他先用葵扇驱赶，结稻草绳点燃了以浓烟熏之，再用煤油灯烧顽抗的蚊子，直至将蚊帐里的蚊子烧得一个不剩。有时半夜有蚊子潜入，父亲就起床点起煤油灯去照。天热的时候，他不断给我擦汗，摇葵扇，冬天则一次次地帮我盖上踢开的棉被。他为了我睡好，时刻在留意我的动静，整夜难以安枕。

我在村里的小学读完一至四年级，放学时若下雨，父亲必戴着斗笠给我送伞。无论再大的雨，他都不打伞，顶多是披一件塑料雨衣，仿佛担心伞被雨水打湿。每次下雨，他总是第一个出现在校门口，甚至当乌云密布或有天阴下雨的迹象，他都要给我送伞。他不想有一滴雨落到我的头上。

五年级时，我就读于石湾小学。每年第一场寒风吹刮时，哪怕是夜半，父亲也会提着煤油灯徒步近一个小时给我送衣服。不少同学被寒流袭击得瑟瑟发抖，我安然无恙。我不希望他在同学面前出现，那个衣衫褴褛神情猥琐的男子形象太差了。同学的嘲笑声让我伤了自尊。有一次，我冷若冰霜地说："您不要给我送了。我这么大了，冷了就会回家拿。"父亲一怔，他没说什么，一转身就走了。他也许被我刺痛了，连手上的煤油灯被风吹熄也懵然不觉。

因为没有一件像样的衣服，我常遭嘲笑。下课了，我大步穿过喧闹的人群，我要走到山坡那道石砌的台阶上去，同学们在哄笑。我不知道他们在笑什么。但我知道身上的衣服犹如小丑的戏台，人们总会找到可笑的东西。我那些灰黑的、缀着补丁的粗布衣服犹如乌鸦的表面，恰好可以衬托我阴郁的神情。为了表达我的愤怒和不屑，我总是像雕像一样绷着脸，很少有欢笑的时刻。那些破旧老土的衣服让我受尽折磨，它们紧紧抓住我，撕裂我，仿佛不是我穿着它们，而是它们穿着我，这些破烂的衣裳才是真正的躯体，而我只是一件附庸。所谓温饱问题，乃是一个人生存的基本之物，而我得不到保障。

有一次，有个同学指着我的屁股说：“哗——大砧板！”他在取笑我那两块包裹着臀部的补丁，那无数圈明显的缝纫线犹如圆木砧板上的年轮。我苦笑了。我不得不承认这个词的生动和传神。在我们乡下，大砧板通常用来形容女性丰满的臀部，那么，该同学的说法就有了侮辱的味道，至少我当时是这样认为的。我被激怒了。我捏紧拳头，差点冲上去。我终于按捺了愤怒，头脑闪过了一丝火花，我自嘲说：“我看更像磨盘！”磨盘也用来形容女性丰满的臀部，但特指那种因过于丰满而显得夸张的臀部，而我因发育不良而枯干瘦小。在场的同学哄堂大笑，我听到了笑声里的善意。当我说出了那句话，胸中积聚的怒气竟烟消云散了。这一切犹如魔法，在一个黑色而荒诞的处境之中，自嘲或幽默是抵抗现实最有力的武器。有关衣服最可怕的一幕就要出现了——它要将我逼到墙角上去。

那是一个冬日的黄昏，突然起风了，风中夹着淅沥的细雨，风雨使气温急剧下降，我们措手不及，被冻得直哆嗦。我们在课室上晚修，寒风呼呼地从红砖砌成的窗眼灌入，吹在脸上就像刀割一样。我穿上了所有衣裳，那些单衣又冷又硬，犹如冰雪制成的铠甲。忽然，教室门口出现了一个高大的身影，他戴着乡间常见的尖顶斗笠，身上披着“葵篷”（粤西乡间一种常用雨具，由竹篾、蒲葵叶或竹叶为原料编织而成，外形犹如龟壳），手上捧着一盏煤油灯，腋下夹着一个鼓鼓囊囊的蛇皮袋，大脚板踏着一双胶鞋，裤腿挽得一高一低，沾满了泥水。他在门口探头探脑地瞅着。啊，他就是我父亲，才四十出头，但已脸布皱纹，佝偻着背，生活的重轭使他提前衰老。油灯微弱的火焰在跃动，映着他黝黑的前额，他的目光在热切而惶恐地扫视着，“葵篷”轻微地晃动，犹如乌龟在直立行走，看上去很滑稽，同学们终于发出了笑声，笑声并不高，同学们显然在克制。我赶紧离开座位走出去，父亲将煤油灯放在地上，伸手把蛇皮袋里的东西掏出来。那是一件旧棉衣，它黑乎乎的，沾满了油腻和污垢，袖口破烂不堪，衣上露出棉絮，这件棉衣是他在冬天的御寒之物，我说不出它的历史。他将棉衣抖动了一下，将它穿在我的身上，衣角垂到了地面。我马上感到了温暖。但它跟学校门卫的棉衣有惊人的相似处，说不定就是同一个时代的产物。

同学们再也忍不住了，爆发出山崩海啸般的笑声。父亲惶恐不安，他没有遭受过这样的场面。他捧起了煤油灯，灯焰的四周跳动着一圈淡黄的光晕。父亲不吭声，转身走了。天上飘着细雨，雨水打在父亲的“葵篷”上，几乎没有声息，雨丝在黑夜中显得如此幽暗。我站在走廊上望着，父亲蹚着泥水，深一脚浅一脚地走出了校门，他的身影逐渐没入了无边无际的黑夜中。如豆的灯光在闪烁，最后灯光也在雨夜中融化了。我的眼眶盈满了泪水！下课的钟声响了，一连响了三下，钟声在校园的每一个角落回荡。守门的老头持着敲钟的铁棍，笑眯眯地望着我。他除了守门，还有敲钟的任务。他肯定看见了我身上的棉衣，他的笑容充满慈爱和温暖。我走到他的身边，面面相觑，忽然哈哈大笑。

尽管我多次数说父亲，在石湾初中那几年，他每年冬天都要给我送一两次衣服。他关心我的身体甚于关心我的想法。他不认为我的想法有什么了不起，或者说远及不上他之所想重要。

父亲下地很少干到天黑，多在太阳落山前返回，母亲一般不用出工。那年我只有六岁，任务是照看二妹。但有一天晚上，父母在山地上抢收番豆（花生），天黑透了仍未返家，一直到月亮从门星岭上升起，连起早摸黑的大伯父一家人都回来了，我仍不见父母踪影。我去厨房摸到灶头上的煤油灯和火柴盒，仅有的一根火柴被我擦掉磷头而未能点燃。院子黑压压的，二妹骇得大哭。

我们坐在门口的石阶上，看着最后一丝光亮完全消失。漆黑世界仿佛隐藏着令人恐惧的未知事物。我感到孤立无援，正在被世界遗忘。漫长而焦灼的时刻终于过去了，我听到了父亲沉稳而熟悉的脚步声，还有母亲细碎而小巧的步伐。那声音像灯光驱散了眼前浓雾般的恐惧。母亲去大伯父家用煤油灯引来火种，手脚麻利地淘米做饭。我和二妹安静下来，却惊魂未定。

父亲顺手拿了根扁担，就着昏暗的灯光，耍起了“棍术”。父亲没有专门习过武，但村庄的男子，几乎每个人都会几道散手。我没见父亲打过功夫。他打得有点模样，却也是乱打一通。他递给我一根竹竿，教我打“极确”（粤西乡间摹声语，指竹木相交碰撞发出的声音），这是棍术最粗浅的入门功夫。两人对练，一上一下，两棍交击，斜线、正面、反身，多个方位出击，你攻我防，噼里啪啦，闪转腾挪，发出“极确”“极确”的清脆声响。我手脚笨拙地挥舞着竹竿，跟父亲拆招，但总是跟不上节奏，二妹在旁边笑逐颜开。说也奇怪，我们玩耍了半天，大汗淋漓，却仿佛平添胆气，不安及恐惧感烟消云散。母亲呼唤我们吃饭的声音从厨房传来。

记忆中，父亲给了我太多的温馨时刻。我忘不了那个夜晚。村庄的夜晚仿佛是从大地内部的隐秘角落（如密林、房舍之间）滋长的。当太阳西沉，夕阳仍通红如火球，天空上的云霞灿烂如烧红的金属，村庄逐渐陷入了灰暗之中。暮色越来越浓，霞光已无力照入一个村庄层叠密实的屋舍间。夕阳像一个光芒四射但越来越暗的线轴，它往山坡下滚去，并一圈圈地收走了天地间的光线，村中此起彼伏的炊烟跟暮色融为一体。村庄终于步入了夜晚。天上明亮的星光，陆续亮起的灯盏，强调着这种浓郁得化不开的黑暗。在白天存在的事物，在夜晚都隐匿、消失了。譬如远山、河流和田畴，连暗影也看不清。这一切就像变魔术，让人感到新奇和不安。看不见不等于它们不存在，夜空中传来蝙蝠的吱叫声，猫头鹰的鸣叫，还有躁动而兴奋的狗吠，昭示了它们及某些神秘之物的存在，但你无法目睹。

我坐在院子里，光凭那熟悉的脚步声，就知道父亲已回到村口，但要等好几分钟，才能在灯盏的微光中看清他疲倦的面容。黑暗遮蔽了无法发光的事物，也使发光的东西彰显。只有夜晚才提醒我，太阳遮蔽的东西也许更多，譬如月亮、星星、灯盏和萤火虫。这些或近或远或大或小的发光体，像闪光的钉子，使黑布袋般的夜晚出现了漏洞。如果不是夜晚，我无法看清一只萤火虫黯淡的绿光。所有的灯盏都在模仿太阳。

月亮从山冈上升起，并将其柔和、沁凉的光亮照耀在夏日的庭院上。月亮以镰刀或圆瓮的不同形象释放着程度不一的光华。对于在夜晚略感恐惧的乡村孩子来说，月亮永远是最美的灯盏。它优美地高悬，月光像奶水一样乳白、滑溜，夹杂着晚风中吹来的花香水气。在古老的传说中，我仿佛看到了月亮中的庭院，院中树影婆娑的桂树，被斧刃反射的伐木者悲伤的额头。对于兔子，我无从猜测。我没有见过兔子（哪怕是兔子的画像或影像，也在入学后才见到）。月亮如一只白色的气球，飘过果林和低矮的围墙，释放着越来越深的寂静。月亮在发光，但不知道它的光来自何方。我惊诧于月光没有温度，但对其亮度略感不满。在最亮的时刻，我也能就着月光在板凳上做算术题，它的光仿佛是雾状的白纱，恰好可以做夜夫人的面纱，却无法将黑暗驱散。星光更不必说了。夏日繁星满天。有几颗星又大又亮，像闪光的宝石，尖锐、坚硬，它们像一把闪光的图钉撒向了广阔而起伏的夜空，也像野兽的瞳孔在闪烁。的确有不少白色或淡黄的星，像谁的眼睛在眨动，而我看不到那张脸（或是谁的脸）。

那个夜晚，父亲带我去农场看电影。电影的内容我忘了，但我忘不了的是回来的路上。我伏在父亲的背上，目光不可避免地被漫天闪耀的星光吸引过去。我仿佛听到了一片嘈杂的声响，浩荡、吵闹，仿佛是一条大河在天上流淌，并溅出了银色的浪花。仿佛群星在吵闹，在辩论、叫嚷乃至咆哮。我注视着漆黑夜空中无数闪光的圆点，几乎被汇入了那汹涌的星光声浪之中。父亲踩在泥路及草根上的簌簌声，几乎被我忽略了。

顽皮的模仿者

在一个孩子眼中，父亲高大的身影无异于上帝。我也曾模仿父亲去创造或劳作。父亲是过去的我，我是父亲现在的延续。成年后，我试图努力摆脱来自父亲的影响，也确实走出了新路，譬如摆脱了修补地球的命运，并以写作为生，这在凤凰村是破天荒；譬如常能挣脱父亲的钳制而使生活符合自己的意愿。无论对生活还是写作的理解，我都注重独立性及创造性。现成的道路有千万条，但都不是我的。我不希望被别人牵着鼻子走，或像舟楫受波浪而推动。我警惕他人的制约影响我的独立性，哪怕是来自父亲。然而，我发现哪怕是在最细微之处，能稍微摆脱父亲的影响就不错了。也许跟弗洛伊德的学说无关，但这的确是“影响的焦虑”。这是父亲给我在心理或精神上带来的滋养或阴影，根深蒂固，不可拔除。譬如父亲的谦卑低调、善良柔弱但又坚韧不拔，道家式的自我圆满及与世无争，小节不拘而大事坚持，当然也有敏感、怀疑、不安、恐惧等负面上的继承……一直在参与塑造我的精神结构及心理版图，足以影响我安身立命、为人处世之根本。

孩子去模仿大人行事，这本属正常，但很少有人像我在幼时那样对父亲亦步亦趋。我觉得父亲很神奇，他掌握了多门手艺，又充满奇思异想，似乎无所不能，至少他在多个领域不断有新的尝试。这都让我大开眼界，刺激了我最初的想象力。他掘地、摘瓜、捕鱼、烧蜂、挖砖窑、烧草皮泥或编织竹器之类的场景，无异于玩耍或戏乐，强烈地吸引了我。当父亲在搞小发明时，娱乐的天性、儿戏的草率跟科学的严谨相混杂，荒诞而奇异，让人难忘。

在童年时，我爱跟在父亲后头，有样学样。他持着锄头去地里耕作，我也爱用木板做的锄头模型做着“挖掘”之事，一本正经，满头大汗。待到十二三岁，我开始真正的耕作生涯，终于尝到了这种游戏的滋味。后来，我在超市上还看到塑料做的农具模型，专供城里的孩子玩。

父亲是捕鱼的高手，凤凰村边的小河鱼类密布，溪涌田垌间亦多见鱼虾。三十年前，这些水域是鱼类的乐园，鱼类繁多。有鳞的有草鱼、鲫鱼、鲮鱼、镰刀鱼、沙皇鱼、生鱼等，无鳞的有鲶鱼、塘鲺、黄鳝、泥鳅、花星、纳锥、黄骨鱼等，蚧壳类有蚌、蚬、螺、虾、蟹、龟、鳖等等，难以细数，有的我说不出名堂，乃本地所特有。捕鱼的方法有很多，有一种不劳而获的方法是挖鱼牢，乃取筑巢引凤之意，以人造之鱼窝来引鱼类入彀，实乃温柔之陷阱。我在父亲的鱼牢旁也挖了个水桶大小的鱼牢，里头放着几块卵石，铺着水草，顶上横放树杈，再覆以草皮及灌木枝叶，将其整得花团锦簇，其玩乐性大于实用。这个过程有点像孩子垒石子屋。我隔三岔五就去抄一次底，倒也捉得几条花纹美观、色彩斑斓的菩萨鱼之类，放在烧酒瓶里用水养着，以作观赏。

庄稼快成熟时，父亲常做一个大稻草人，插在田头上吓鸟。我也在旁边做一个小的，远远望去，轻风掠过，田野上的草偶随着微风晃动，犹如大人带着小孩在赶路。

父亲每次编竹器，譬如织篮、箩、筐、篓、匾、畚箕、鱼笼等等，我依样画葫芦，边看边学，砍竹，劈篾，编织，均由我亲手完成。我一不小心，常被大刀斫伤或割破，血流如注，左手至今有十余道白纹似的伤痕。我的作品“麻雀虽小，五脏俱全”，虽有些笨拙，篾条也不够光滑，却是不折不扣的竹器。这些微型织物在生活中难以派上用场，却让我在跟小伙伴做游戏时大出风头。我拥有这些秘密武器，有如扛着火枪的冒险家来到新大陆，对着手持长矛的土著人趾高气扬。我将自编的鱼篓别在裤头上去捕鱼，用自织的小畚箕装番薯吃，均能体会到动手创造并享受成果的乐趣。我那时不知道这都是对父亲的拙劣模仿。

我模仿过父亲制作竹扇及笊篱。父亲还有一手制作斗笠的技术，难度之大，并非编织畚箕或竹匾可比，在凤凰村中就显得稀罕了。他用木头削制了一个斗笠模（后来又用水泥、钢筋浇铸了一个），沿着模具先用竹篾织成两个斗笠形状的竹物，犹如孪生兄弟，再在两者之中填充阔大竹叶，最后将两个竹物连接牢固，遂成斗笠的表面及里子。这是一门技术活。我没有能力制作一个微型模具，遂没有去尝试。

父亲开辟菜园，我也要从中圈出一小块地来，种上几株蔬菜或浆果，还学着用麻秆或竹枝做一道低矮的篱笆，建成一个园中之园。这就出格了，没有浪漫情怀的大人，是不容孩子胡闹的。父亲挑水浇菜时，我也用竹筒做成的小水桶装水去浇。每次我都发现蔬果长得不错，其实多由父亲帮我料理，而我懵然不察。

父亲出于建房子的雄心，曾多次在自挖的砖窑里烧砖，后来又应邻人之邀，在门星岭的斜坡上帮人家无偿挖了几座更大的砖窑。在二十世纪八十年代，那些砖窑仍有使用，如今全成了废墟。有的倒塌了，有的填充以黄泥，种上了速生林，已看不出砖窑的痕迹。也不过二三十年，多少东西已物事全非。父亲为自己挖过两座砖窑，均在门星岭邻近小河“荷包袋”处的山坡上，也是为了制作砖坯时取水和泥方便吧。那是一个巨大的洞窟，呈圆桶状，每窑可装约一千五百块砖坯，底部挖有炉膛以连通，纯粹由父亲一手一脚用锄头、铁锹及畚箕等工具完成，先挖土不止，再将泥土搬运出去。

二〇〇二年，我返乡时心血来潮，遂去一一巡视父亲早年挖建的那些砖窑，若有所悟：洞穴并非出自某人的发现，更不是某人的创造。它本来就存在于泥土中，只要把多余的泥土搬走，它就会显露出来。然而那挖出来的泥土，无论放在哪里，对别的洞穴来说都是一种多余之物。那个持着铁锹挖洞的人，恐怕会苦恼于新挖出来的泥土，已经填满了原先的洞穴。我坐在砖窑之侧，仰望天空，神游八极，文思如泉涌，花一个上午完成了长诗《洞穴》，兹录两节：

> 那个持锹挖洞的人，他首先得腾出身体中的位置
> 并把头脑里的杂物清理一空
> 以便堆放那些挖出来的泥土。那些泥土越堆越高
> 缩小了地面跟天空的距离
> 但有些东西却无法抛弃，譬如月亮的碎片
> 那是爱情的矿渣在少女的胸膛熔化并浇灌
> 事实上，没有谁可以把记忆的钉子全部拔除
> 它们像山冈上遥远而黯淡的群星

尖锐而锈蚀，跟闪电般划过的铁锹擦出了火星。

那个持着铁锹挖洞的人，忽然停顿下来
他侧耳倾听着阵阵从身体传来的挖掘声
大惊失色。他知道有人在他的双眼中向外眺望
并屏住了呼吸。但他无法反过来
看清那个人的模样。他感到有一锹锹泥土被抛出体外
并进入了现实中的世界。那个酷似深渊的洞穴
仍在不断加深，他感到身躯正在被一把铁锹掏空
并变成一个洞穴的圆形内壁，而自己却在虚空中下坠。

该诗于我很重要。这也是一次迟来的、另类的模仿，我只不过将锄头换成了纸笔（其实是电脑），而泥土的对应之物是文字。当年父亲挥汗如雨，穷尽力气去挖掘这些巨大的窟窿（实乃烧砖用的容器或锅炉），完全是为建房子的激情所焚烧。要建房子，就得先烧砖，要烧砖就得有砖窑，这仅是他立志建筑一幢完美建筑的庞大计划之肇端。

二〇一三年初春，我在湖南远游时跟友人重提旧事。友人笑说，你父亲为何不设法去赚钱呢，那不就可以建房了吗？父亲什么都懂一点，就是对赚钱一窍不

通。他尝试过做小买卖，每次均以失败告终。他太老实了。他欠缺商人的精明计算及滑头奸狡。他觉得求人不如求己，宁愿仅凭一己之力，将一座房子所需的材料全创造出来。他在挖窑之前，已动手植树，在三十年之后成材，被砍伐并制作成了檀梁和“格子”。他没有想到，无论是房子的建材，还是其样式、结构及风格，均已发生了剧变。譬如有了钢筋水泥，谁还会用木头做顶梁柱呢。建房子的计划，他在十八岁已付诸行动，而房子至今仍是泡影，仅停留于他的头脑之中。至于他为邻人挖窑，只能归结于助人为乐。

挖窑及烧砖都是巨大的工程，也具有极大的游戏性，我当然不会放过模仿的机会。我在父亲的砖窑之侧，挖建了一座小砖窑，比乡村厨房的炉膛还要小。但窑番薯的小泥窑若与之相比，就恰如野雉比凤凰了。父亲不喜欢我玩火，曾大声呵斥，禁止让我搞。后来，他看我煞有介事地模仿建窑及烧砖的一全套过程，竟一反常态，不再坚持一以贯之的专制，还帮我挖好了通火口。他瞅着我以火柴盒做砖模打制的小砖坯垒叠于“砖窑”之中，咧嘴笑了。

烧砖所需的燃料纯为柴火，父亲算不上烧窑的好手（除了入窑、火候等技术因素外，他挖的砖窑是否也有问题?）。烧一窑砖要费九牛二虎之力，先是要打砖坯，晾干，用“夹茅”防水淋，成百上千担柴薪于数天内化成灰烬……父母要流数月汗水，才能烧一次窑。出窑时一看，合格的红砖不到三分之一。当然，我比起父亲来，更是一败涂地。我烧上好几个小时，也无非是将砖坯略为熏黑。我曾忽发奇想，用黄泥捏了几件人偶及怪兽，放在父亲的大砖窑上烧，妄图烧制出稀奇古怪的陶偶，均以失败告终。

“没有屎尿臭，哪有稻米香”，这是我小学语文教师爱说的一句话。我每次为了作文能得高分，都捏着鼻子将这句话写上作文本。农民种庄稼的确离不开土肥，一是迷信土肥，二是节省买化肥的钱。厕所、粪池、猪圈三位一体，是土肥最主要的囤积之所，又是原料加工厂。粪池臭气熏天，白花花的蛆虫万头攒动，而墨黑的粪水黏稠浓郁，农民用长柄木勺将粪水舀到木桶里去，挑到稻田或菜地浇淋。草木灰是炉膛煮饭的剩余物，通常是柴火（稻草、甘蔗叶、芒草、铁芒箕、竹片、木柴之类）留下的灰烬和渣滓。正如河泥或塘泥是水的灰烬。草木灰每天都有出产，是厨火的副产品，用畚箕挑到地里撒去，炉膛仿若生产该土肥的机器。

父亲年轻时爱好广泛，颇多搞发明的古怪念头。他曾自制火药及尿素，虽未获成功，却常以化学家自居，断言草木灰无甚肥力。

塘泥是池塘在冬日“干塘”后，露出的一层膏状暗黑色淤泥，有些肥力，村中遂将其按户分割成小块抓阄分配。塘中央的淤泥最肥厚，而塘边尤其是入水口处，则多沙石垃圾，亦贫瘠浅薄。塘泥中时常掘到黄鳝，却依然生猛，我奇怪它没水而仍能在泥中存活。村民用锄头将塘泥掘起，用畚箕挑到晒坪上晒干，砸碎，到时用于改善田地肥力。在生产队时期，有个说法是将咸鱼埋入泥中沤烂，乃难得的肥料，遂多次采购大堆劣等咸鱼回村，一时村中刀声叮当。人们将鱼头鱼尾去掉，剁碎，趁机分些鱼肉回家，打了个牙祭。也有种植绿肥的做法，主要是在农闲时，在稻田中撒播紫云英种子，很快就绿油油一片，繁茂，脆嫩，用镰刀割倒或犁翻过来，在水田沤烂做肥。夏季收稻后，亦将稻桩犁翻于田中，十来二十日即沤得腐烂，亦是一土肥之法。

而烧草皮泥的做法，可能是岭南乡间绝无仅有的积土肥之法。人们先在山坡上用锄头铲草坯，连土带泥，一片连着一片；待晒干后，再堆积成圆锥状，中间塞了一堆柴火（后来在历史教科书中看到西夏王朝古墓堆的图片，觉得两者有几分相似），柴火点燃后，草皮堆会焚烧好几天，犹如通体发红的火塔，直至将草皮烧成了红泥，冷却后将其挑回粪屋，以供使用。父亲也烧了好几年草皮泥，撒到田地里去，实践了十几次，得出的结论是这些暗红色的草皮泥没啥用，后来就不烧了。而坡头地尾上，常能见到晒着的草皮，垒叠起来烧的草皮泥及已烧好的，就像一堆堆微型泥塔。

我五六岁时，爱跟父亲去烧草皮泥。我用手扒拉草皮，拢一小堆，要堆垒一个“微型泥塔”，但堆得太小了，就难以点燃。父亲帮忙拨弄了半天，直到天色渐暗，仍无法将火生起。他耐心渐失。而我夹缠不休，吵得父亲焦头烂额，仍无法将“微型泥塔”点燃。当三十多年过去，我既为蛮不讲理而羞愧，也为他的耐心及容忍而感动。他可以置之不理，甚至一耳光刮过来，而记忆中他从来不揍我。他耐心跟我讲道理。他鄙视暴力。我对小女儿的吵闹有时就不耐烦，对其非分要求，很少有迁就或重视。

父亲的禁忌

子不语怪力乱神

父亲平时很少拜神，但对鬼神及灵异事物充满敬畏，对此讳莫如深，颇有“子不语怪力乱神”之意。他除了重大节日拜神外，平时不入庙，跟那些初一十五必拜神的人迥异，也不许愿还愿。有人指责他不拜神时，他说：“那是有钱人的事，鸡呀肉呀，虽拿去神案前供奉，但到头来还不是入了自己的嘴？并无损失。但我哪有钱去置办供品？你拜开了头，养成习惯，就被神惦记了，得经常去，少去一遭神就可能有想法了。像城里的人巴结领导，逢年过节必送礼，若有一次不去，必会招惹猜忌，前功尽弃。不如不去干净了。”

乡下拜神犹如贿赂，必是有求于神，借助神力达成愿望。乡人亦拜鬼，更准确说是送鬼。在村头地尾，常见摆着几碗白饭，旁边留有纸钱焚烧的痕迹，这多半在夜深人静之际举行，最忌被旁人窥见。那是诸事不顺的人家，又或小孩目睹奇异事物而受了惊吓，白日撞鬼或家宅有邪物作祟，须请道公佬或巫师作法驱赶之，仍得备供品欢送。道公佬的原则是小鬼斩立决，恶鬼却不宜硬碰遂取讲和之法，但愿送走了事。那些供品祭祀后即弃之于荒野，跟拜神的相比，也粗陋得多。乡间偏僻之地，巫气甚重，常传闻有鬼怪出没，有人还说得有鼻子有眼睛。我幼时于晚间听鬼故事，常骇得面无人色，一闭眼，就浮现幢幢鬼影，根本无法入睡。

有一次，我得伙伴赠送了一本绿色封面的“西游记连环画”之《三打白骨精》，里面的线描画有怪石奇洞，神仙妖怪，栩栩如生。我爱不释手。夏日午后，外面下着倾盆大雨，我坐在院子里仔细地欣赏，不放过一株草叶，一根线条。正在沉醉之际，父亲一把夺过，二话不说，就扔进了屋子旁边的竹簕荆棘丛中。我悚然一惊，先顾不上哭闹，待我用笊篱将其残骸从簕棘中拨弄出来，已被暴雨淋成了纸浆，我也淋得像落汤鸡。我哭着质问：“无缘无故扔我小人书干啥？”他的解释是书中有妖怪的影像，此物妖邪，不可入屋，以免招引邪祟。此说我当然无法接受，当场在泥塘般的空地打起滚来。小孩的杀手锏要赖撒泼，就是此招了。父亲最忌我淋雨，因淋雨易患感冒，到时又得费一番手脚。任由父亲如何哄我，我只是不管，如疯狗在泥浆中翻滚，号啕大哭。父亲忍痛说愿赔我一本小人书，我才罢休。

过得数日，父亲从石湾墟买回一本《平原枪声》，我翻了翻就扔在床尾了。上了小学，我发现《美术》课本就有那幅孙悟空、猪八戒和沙僧杀入妖洞将白骨精及群妖歼灭的图画，此画标题忘了，当年可是脍炙人口的名作，好像是出自赵宏本、钱笑呆的手笔。我如获至宝，遂拿给父亲看，说这是教材，是否又要扔到簕林中去？父亲接过来翻了翻，脸露惊诧之色，半天没吱声。后来，我在邻居客厅的年画中看到了同样的一幅，只是放大了若干倍。

父亲有太多禁忌，我动不动就触犯了而不自知，譬如我将偷偷雕刻的一只木偶放在床底，被他搜索发现了，立马塞入熊熊燃烧的炉膛。我捉得一只红嘴黑羽的小鸟，用绳子绑住脚爪来玩，也被他放走了。

他有各种层出不穷而又莫名其妙的理由，禁止我去干这干那。我当时无法理解，我又招谁惹谁了？后来才明白，父亲有那么多忌讳，完全是因为对未知而神秘的世界充满恐惧，风声鹤唳，草木皆兵，他犹如惊弓之鸟，唯恐一不小心触犯了各路神仙。我不知有无触犯神仙，触犯父亲肯定是有了。每一次，都以我的屈服而告终。我也反抗和哭闹，但胳膊拧不过大腿。一个孩子如何跟大人斗？随着年岁增长，我尽量站在父亲的角度和立场去看问题，仍无法理解他的诸多管束和禁令。我知道他爱我，担心我的前途及命运，但我很难将那些莫名其妙之事跟父爱联系起来。尽管如此，我还是努力迁就他。我不想他担心我。有时跟父亲吵架，相持不下，他就抱着头蹲在泥地上，脸色绝望而伤感，一副天崩地裂而不知所措的模样。我讨厌他这个样子。

最荒唐的禁忌是，我不能跟某个特定生辰的女人相恋乃至结婚，按照他对测八字及看相术一知半解的说法是，该人是“某某忌”，乃民间所说的克人之相。在旧社会，出生于某特定生辰的女子嫁不出门，除非是更改生辰而不为人知。没有比这个更荒唐的了。父亲不管我多么愤怒，仍再三重申：“什么事我都可以不管，但这件事你不能不听。”他说得诚恳、坚定而近乎乞求了。我能说他是疯子吗？尽管村里的人常骂他是“戆佬”，他也多有怪诞之举。当年我年少气盛，“你不说还好，我就偏要找这样的女人做老婆。你这是封建迷信！”我这不是气话。如果我跟女人相爱，而她又碰巧是该生辰的话，我会不会屈服？我庆幸没机会验证。

我成年后很多年，竟没遇上有女子喜欢我。不要说是这个生辰的，就是整个十二生肖也无人跟我有缘。父亲松了一口气，又不禁为我的婚姻而紧张。父母从家乡介绍了好几个女子，都没成事。我一声长叹，我跟父亲在择偶上的分歧太大了。不是说她们不漂亮，也不能怪她们有眼无珠。更不能说她们太庸俗，也不能说她们长着白鸽眼，做不到“有情饮水饱”，只能说没缘分。我跟那些年纪相仿而高矮肥瘦各不相同的女子第一眼就断定彼此不是一路人。她们容貌各异，有美有丑，却仿佛带着相似的气息，有着共同的表情和腔调，第一句话就是你这样不好，那样不好，你应当干什么，而不能像现在这样不思进取。

某美人儿见我屡战屡败，心生恻隐，指点迷津说：“你是一个聪明人，可惜走错了路。你不应当将精力才智浪费在写朦胧诗上，那不是做白日梦吗？苦海无边，回头是岸，你去转行还来得及。你应当奉李嘉诚为偶像，以霍英东为楷模，向史玉柱学习好榜样，争取成为最先富起来的那一部分人。”我最讨厌别人给我安排偶像和榜样，在读书时被迫向这个标兵那个楷模学习，没想到工作了，社会仍有那么多榜样供我学习。我说：“李霍二人如雷贯耳，那个史先生倒闻所未闻。”她望着我摇摇头，目光中露出“朽木不可雕也”的怜悯。如果她跟我交往稍为深入，必然洞察我第一天上班就想着逃离，岂不火冒三丈？我工作十年中换了四个单位，又不关心成功学，她该庆幸自己有先见之明。总之，她们喜欢管人的习性，无一例外让我想起了父亲。我想，若有女子喜欢我，又能让我摆脱这种感觉，我就娶她为妻。我对种种形式的禁锢是“一朝被蛇咬，十年怕井绳”。我走出了那个笼子，就不希望再钻到另一个笼子去。

近三十岁时，我恋爱了。TY 不在乎我有没有钱，压根儿就没想过让我去挣钱，她也不在乎我有四个弟妹，从小学到大学都得由我照顾（我曾为此失去了一段可能美好的姻缘），她甚至不挑剔我乡下人的装扮和农民的习性，对我在日常生活中的特立独行也没有微词，她有时比我更特立独行。我们都足够坦荡并向往简单的生活方式。我们在物质及虚荣上素无所求。她爱读书而从不读我的书，她认真地说跟博尔赫斯和巴尔扎克相差太远，也比不上鲁迅和沈从文。我苦笑。我们相恋三年后结婚了。结婚了我才带她回家，之前父亲没见过她。他无法来省城，他不敢坐汽车，哪怕只是三五分钟。他每次回村子都得步行数小时。而徒步三四百公里在现实中不可能。我写过一篇小说《到省城去》，就讲一个老头花了几天时间徒步到省城找儿子。父亲也许有这样的冲动，他什么都做得出来。

我不管父母希望我摆酒的愿望。长期以来，我过得太压抑，太沉重，我觉得这辈子都在为别人为某种观念为某个巨无霸般的传统而活，再不为自己着想一下，就没法过了。父亲也不生气。他最担心的事情没有发生。他对儿媳很满意，说："你们相生同属，好呀好呀——"

凤凰村的人贴对联，多在大年三十晚上（最迟在翌日清晨），将去年墙上褪色残损的对联撕掉，用糯米粉熬制的香糊将新对联贴在大门两侧，而门楣之上还有横批。所贴之联跟去年的有可能一样，只是新旧不同。没有人家不贴对联，破损的泥墙、红砖墙乃至铺着石米或涂抹着灰沙的新墙，在贴对联上享受了平等的待遇。门楣还要贴上五张"福纸"（粤西乡村一种印制着祝福语的纸片，上面写满了"吉星高照""出入平安""一帆风顺""如意吉祥"之类的四字短语），屋子的每一间房子，都会贴上相应的一张。父亲每年都要在我的房间贴上"大展鸿图"的短幅。尽管他不多说，我仍能感觉到父亲的期望，这里头有一种无形的压力，让我焦虑不安。我又因胸无大志而难忍羞愧。一个乡村孩子的前途大多在出生时已注定，无非是种田、进城务工或学一两门打铁、木工、理发之类的手艺，有何鸿图可言？我一直到十九岁，仍没有任何离开村庄的迹象。在猪栏、牛舍和鸡屋，也会有相应的短幅，写着"六畜兴旺"之类，很少人会张冠李戴。也有人贴一些从土地庙祈福得回的吉祥纸，由缀满闪光铂片的红纸裁成，中间剪着数排细小的菱形孔眼，更具有纸符之意。

贴完对联及福纸之后，就是贴门神了。门神多是战功显赫、青史留名的武将，最常见者首推秦叔宝和尉迟恭，关公和张飞也是有名的拍档，一些水浒英雄及《封神榜》诸神亦屡见不鲜。这样，除了历史人物，虚构人物亦颇为常见。少见有人怀疑水浒英雄的真实性，倒是神话人物及神仙不多见（《封神榜》诸神除外），譬如斗战胜佛孙悟空的年画甚多，我在门神中就没有见过。这是我最理想的门神角色，但谁堪跟他配对呢？莫非是肥头大耳扛着九齿钉耙的净坛使者猪八戒（此像倒是较符合农民的模样）？门神通常分两类，一类是巧手丹青精心绘制的工笔人物画，其脸容、铠甲、战袍、坐骑及兵器均画得精美而逼真，赏心悦目。一类是线条潦草、构图简单的地方木刻版画，既不符合透视比例，亦无神韵可言。最让我郁闷的是，左右两扇门的图像看上去一模一样，除了拿着的大关刀方向不同（贴门神时刀口需向外，以寓防守本宅之意）。通常，此类门神上大多都写着“魏徵”二字，魏徵实乃文官，也是门神中绝无仅有的了。民间奉其为门神，这跟叔宝、敬德为门神都与《西游记》有关，他不是梦斩老龙吗？自然是一夫当关，万夫莫开的门神了。门神中少见诸仙家神佛，不知是何缘故。想来跟人们对其敬畏有关，神佛是敬奉在庙里的，岂可为凡人守大门？但关公以忠勇名世，身兼财神之职，又不局限于此。

有一年，我提出由我买门神。父亲默许了。我兴冲冲地在石湾墟的摊档上转，看得眼花缭乱，终于挑了一对颇为罕见的门神，乃由二郎神跟雷震子配对。这对门神画工精巧，栩栩如生，让人百看不厌。但我年三十晚将其贴上木门时，父亲才发现我买的是何方神圣。他竟用手将其撕掉，有的地方粘得太牢，撕扯不了，就用割稻的“禾钩”将其剔剥下来。待他将门神清除干净，木门已留下了无数道被刀刃切划的深槽和木痕。父亲不管我的抗议和伤心。他还是连夜去买回“魏徵”换上了。我不明白他为什么这样做，但肯定跟某种偏执而迹近迷信的念头有关。至少，他不喜欢我买的这对门神。画中神像显得另类而稀罕。父亲历来循规蹈矩，对非常规及逾矩之事充满惶恐。他可能是被两神将及胯下的异兽吓坏了，一为麒麟，一为猊兽。我当时想，用禾钩将门神剔剐，岂非大不敬的逾矩之举？

我每次看到木门上的刀痕，都会想起父亲气急败坏而惶恐不安地握着禾钩在木门上狠狠地剔剐的情景。门神是房屋的保卫者，我们看到的只是画像，它只是神灵的某个象征性符号或隐喻，而神灵是看不见的。他要防备的也不是小偷，而是同样看不见的、最凶险的敌人，那是农夫恐惧到提都不想提的妖邪异物。贴了门神，人们心里就踏实了，并确信一家安宁并达成对联上的美好祝愿。无非是家庭兴旺、添丁发财、生意兴隆、四季平安之类。在春节后的好几天，我饶有兴味地到村子的每一户人家，驻足，品赏各家各户相似或迥异的门神。这是一次免费参观的美术展览，那些精美的画像激发了我绘画的欲望。我有近十年沉湎于对绘画的爱好之中，还在初中毕业后考上过中等师范学校的美术班。门神也是每家必须贴的，但年画贴的人家不算多。那些穷人家的屋子阴暗破旧，主人没有心思。

在万象更新喜迎春之际，一本过一日就撕一页的厚重日历（撕掉的通常用于上茅厕），是每个家庭都少不了的。爱好占卜、算卦、风水等杂学的人，还备有万年历、老皇历及罗庚以备不时之需。贴好对联、门神及年画之后，照例会烧上一挂鞭炮。等着抢哑炮的孩子在一旁虎视眈眈，跃跃欲试。他们将捡到的哑炮再烧掉或收集火药玩，如用于自制的玩具火药枪之类。这些游戏极具危险性，参与的孩子不多。我家里没贴过任何一张买回来的年画或画像，我小时候看到墙上挂着祖母的炭笔画像，用镜框镶嵌着。二十多年后，我从二伯父那儿看到了祖母的唯一一张照片，就觉得该画像惟妙惟肖。那出自父亲的手笔。

乐器不能碰

凤凰村喜爱玩乐器并略懂演奏的人极少，除了木偶戏班的寥寥数人。他们掌握的主要是吹笛、吹箫、击鼓、拉二胡、敲磬、敲锣之类，演奏的也无非是民乐及戏曲。除了演木偶戏，村子动用乐器多在舞狮、游神、祭祖之时，通常是敲鼓和打锣。那面牛皮大鼓，由数人抬出，鼓槌由一对青筋毕露粗大有力的手臂操纵着，看似杂乱，实则章法森严。鼓手疯狂地擂动，鼓声如雷，声震四野。而铜锣的响声巨大而震耳，难觅“音乐”之美妙，村人形容大嗓门为“破锣”，实为精确之语。铜锣挂在木架子上，敲铜锣的人似漫不经心，又像蓄谋已久，总在你猝不及防时猛敲一下，将你骇得半死，却又寂然无声。铜钹像缩小的铜锣，每一块都像明朝士兵的头盔，呈半圆球状，合起来像小宇宙的模型。在《自然》课本行星模型图中常见类似图案，双手各持一个，合击而发出响声，激越脆亮。上述诸种“乐器”，与其说是音乐的器具，不如说是噪声之源，听来震耳欲聋又让人心烦意乱。

还有一种情况，常会动用到唢呐、笛子之类，那就是红白二事。吹唢呐的人，鼓着腮帮子，声音或激昂或低沉，能将一支乐曲完美地演绎，并将村庄的每一处寂静化为齑粉。而笛声无论吹奏什么都清脆悦耳，犹如某类神奇的鸟鸣。

村庄做寿的人不多，但很看重婚礼。在二十世纪八十年代，有钱人家隆重操办婚礼，迎娶及送嫁都各有一支队伍，浩浩荡荡，像军队穿行于两村之间，有的富人会雇佣十几辆自行车，甚至还有摩托车、拖拉机之类的机动车（至于小轿车迎娶，在城里也是九十年代后的事了）。即使穷人家也严格执行那套迎娶仪式的繁文缛节，那支队伍是少不了的，有人挑着彩礼，乐手即在为首者旁边，尽情吹奏，兴高采烈。乐曲多是《凤求凰》《步步高》《喜鹊登枝》之类。乐声响起，队伍立马被一股喜庆的气氛所笼罩，脚步也轻快几分，邻近村庄的人都能听闻。所谓风光，就是要弄出些响动来，热热闹闹，唯恐天下人不知。

而白事之中，葬礼或做斋之类，唢呐手及笛手亦会受邀而至，唢呐低沉，笛声呜咽，一下子让哭丧者悲从中来，泪如雨下。在葬礼中，哭的人越多，哭声越响亮，就意味着别人越悲痛越怀念，表示愈深受亲朋乃至村人的爱戴。死者的尊严及威望建立于哭声之上。在比哭丧的声音及词汇上，男人总是略逊一筹。当然这不是说他们就缺少悲痛和眼泪，而是在这个有几分表演性质的场合上，女人具有天然的优势。此时此刻，死者若为老朽，其配偶及儿媳往往是这场哭丧中冠军的有力争夺者，与其说她们是为了死者而号啕，毋宁说她们是哭给生者看的。如果太马虎太沉寂了，她们会被人诟病对死者不敬或不够悲痛，并使葬礼略显尴尬。

亲人尽管悲伤，却不及村中那几名“专业”哭丧婆，不仅哭声震天，还在哭腔中叙述死者生平的光辉事迹。死者的生平被介绍得完整、完美而感人至深，俨然是一篇活在嘴上的墓志铭。而哀乐始终贯穿着葬礼（送葬、入土诸环节）的全过程中，恰好为哭丧者提供了必要的催化和配乐。

乡村乐器除了带有公共性的场合或活动，平时束之高阁。大鼓及铜锣甚少动用，我可以理解，如果平时有人敲锣打鼓，恐怕被人说是神经病。打锣有通知人集会或开会之用，或捉小偷，或救火，那就不是乐器而是警钟了。然而，像二胡、箫笛之类的乐器，很少有人掌握。村中仅有的两三个唢呐手和吹笛手，也从不在平时一显身手，仿佛身怀绝技而秘不示人。一旦出手，必是非常场合，不给钱是不会白白吹奏的。笛子且不说，唢呐在我看来，法器的成分大于乐器。唢呐声一响，不是红事就是白事，乐手仿佛被某种乡村禁忌所制约，从不在寻常场合或纯为娱乐而吹奏。这让我不解其如何练习技艺而不至于生疏，毕竟一年中难得动用几次。在一切乐器之中，笛子算是简单的了，也无太多禁忌，村中能掌握者仍寥寥无几。只能说村中诸人缺少音乐细胞及弹奏乐器的热情及兴趣。

我在石湾小学读五年级时，有个姓侯的同学是吹笛子的好手，会吹当时流行音乐的数十首曲子，诸如《顺流逆流》《每一步》《黄土高坡》等。从五年级到初中，他的笛子独奏始终是学校晚会的保留节目，让我羡慕不已。我出于压抑已久的心理，特爱欢快悦耳的声音，学笛子不需要什么成本，连笛子都不用买。

侯同学常带我到石湾河畔的竹林中，用小刀截取篁竹（一种粗细适中、中通外直而节少筒疏的竹子，是做笛子的绝好材料）一段，将两头的竹节削掉，在合适的位置细心地削出七个小孔，笛膜一时买不到，就用透明胶充当：一支笛子就制成了。在许多个红霞映照天边的黄昏，我跟侯同学在学校旁边的山坡上（有时坐在树杈上）学吹笛子。我曾立志成为音乐家，后来发现毫无天赋，甚至分不清音乐的基本节拍，遂退而求其次，至少掌握一种乐器。我庶几能用笛子吹完一支乐曲，譬如《万里长城永不倒》及《敢问路在何方》。那必须是我会唱的歌曲，至于新曲子，我尽管能吹那几个基本的音符，却因为分不清节拍、音高、音长、音域之类的常识，而无法吹出像样的旋律。那几年，我为了掌握吹笛子而下过苦功，绞尽脑汁。

村子里也有很多篁竹，我学会了用小刀削制笛子，并在庭院多次操练。邻家有一个男子，曾参加过对越自卫反击战，据说精通吹笛子，我从未见过他吹奏。有一次，他见我在吹，断断续续，有气无力，一支歌曲吹得支离破碎。他站着看了我一会，并无讥诮之色，目光中泄露了奇异的光芒，仿佛于瞬间到了另一个世界，那个世界却对别人完全封闭。他走后，我怔怔地望着他的身影，忘记了吹奏。

父亲每一次劳作回家，都对我吹笛子大为不满，厉声禁止。他太劳累了，只望能得到片刻宁静，而我的笛声实在称不上动听。于是，我走出家门，爬到池塘边的相思树上去，就坐在树杈上锲而不舍地吹，几只小鸟被我惊动，大声鸣叫。它们像在向我示威、对话或斥责——也许是在试图纠正我吹错的音符。总之，鸟的鸣啼让我羞愧。不久，父亲又从院子跟出来，他对我的笛声深感厌烦，而十分反感并坚决禁止我吹笛子。他是一个有诸多禁忌的人。那一刻，我触犯了他自己也不太明确的某个禁忌，但总之是不适宜的行为。他自认为正确的事，决不允许我有任何选择的可能，总之，他要穷追猛打，直到完全将我的想法摧毁。他厉声命令我从树上下来，并将笛子交给他。我不理他，但暂停吹奏。他大呼小叫，跺着脚，脸色愤然，并用竹竿恫吓及试图将我从树上捅下来。树杈下就是水塘，波光粼粼。我恼怒地望着他，愕然不解他的怒气从何而来，并深切地感到他威胁了我学笛子。凭经验，我肯定踩到了他隐蔽而难堪的尾巴。他不会善罢甘休的。

父亲的竹竿捅到了我身上，一连轻捅了几下。他也怕捅痛我，索性将竹子扔掉，赤脚往坐在树杈上的我爬来。他才四十多岁，爬树的身手不亚于少年。我悲伤而无奈地望着他越走越近，我将笛子往地上一扔，扑通一声跳入了池塘。当我湿漉漉地从塘堤上爬起来，发现父亲得意地咧嘴一笑，伸开蒲扇般的大手，将我的笛子拗裂成了一把竹篾。我哭了。

学吹笛子的事我还持续了一段时间，我躲到山上的林子间去，主要是躲开父亲的耳朵，否则他肯定会循声而至，将笛子夺去毁坏。但我最终放弃了吹笛子，侯同学之前就断言我学不会，早对我失去了耐心。我终于看到了自己的局限。我打破头也想不到父亲何以不惜一切代价阻止我吹笛子。多年后我才晓得，问题不是笛子而是乐器上，他不可能允许家里有一个乐手或响起任何一种音乐。

村庄向来是死寂的，直至几个到深圳打工的年轻人，买了收录机回来，才将村长三葵家那个“大鱼笼”（有线喇叭）发出的噪声所覆盖。如果我去学吹唢呐之类，恐怕父亲更加抓狂。也许，他对乐器或音乐的仇恨跟那些乐声所代表的事情联系起来了。在他看来，乐手就是吹大吉的人（粤西乡间一种过年时上门吹曲子、说吉利话的乞丐），没有比乞丐更卑贱的职业。

父亲敏感而多疑，他向来惊恐于风吹草动。他像一位精通暗示的大师。他可以从任何一点微不足道的事情翻来覆去地联想到无边无际无穷无尽的事情上去（而主要是不好的事）。他像一只不安的鼹鼠惊恐于风吹草动，敏感于岁月更迭及人生无常，提防着不去触犯一切禁忌，他要竭尽所能捍卫家庭的顺利和儿女的成长而不惜施以精神性的暴力。他觉得自己无力而无知，又固执地认为家中最有见识的人，依然是他。他经过反复思考乃至一再论证的选择是对的并坚决执行，一旦认定，决不回头，不容辩解，不许争论。当然，在他下定决心之前，通常会反复若干次。他自以为是，不允许我有任何异见。直到我成年，他这种做法仍没有丝毫改观，我大学毕业后在外地工作，才在一些细枝末节的事情上摆脱了他。我在某院校教书一年多后，决定抛弃公职而从事自由职业。父亲坚决反对，但他从不敢坐车，也就无法凭借徒步三四百公里到省城来阻止我的行为，我在他气急败坏的咆哮中顺利辞职。那一刻，我有复仇的快意，更多的是惘然。

关于父与子的冲突与困扰，曾让我深切思考所谓中国式教育的原罪。建筑于儒家伦理基础上的家长制暴戾而独裁，可能是中国人缺少精神独立性的根源。家庭压迫对孩子成长造成的阴影使人扭曲而孤独。家庭暴力是社会悲剧的根源之一，孩子尚未长大，就已被这种暴力压抑及伤害。这是他们要上的第一课。

尽管长辈禁止孩子学玩乐器，在游戏世界却不会禁止。譬如唱歌（主要是山歌）、唱童谣及用手吹“螺号”之类的极受孩子们欢迎的游戏就大行其道。

比笛子更简单的乐器，可能是响螺、哨子及“菲”（菲类似于哨子，却多了竹木削制的菲心）了。“菲心”多用干枯嫩竹用小刀略为削制而成，有时也被应用到戏班的单簧管及双簧管中去。放在嘴里吹奏，可以发出悦耳之声，当然难以吹出成段的曲调，却是箫或唢呐的“菲嘴”，安装上去，会使音色更温润而完美。响螺则无须加工，螺肉被掏空后，遂成了嘹亮的乐器。这通常是卖猪肉者的信号，只要响螺一吹，全村人都知道猪肉佬来了。这种单调的呜呜声，亦难称之为乐曲，但曾是沿海一带共产党游击队号手的用具。光用双手，亦可发出类似响螺的声音，这是很多放牛娃的拿手好戏。双手合拢如螺状，严丝合缝，不可漏气，两个大拇指之间拢成的气孔，就是这件“人工乐器”的孔眼。用力去吹，响亮如吹螺，高明者还能吹奏出简单的乐曲。最极端或牵强的乐器可能是放入口中吹奏的叶笛，但要求的技巧较高，我始终无力掌握。

在孩子们的游戏中，比用“竹菲”更省事的是拔“簕固”（粤语中，簕即刺，如簕杜鹃即有刺之野杜鹃之谓。簕固疑是野生菠萝，其叶子及果实跟菠萝均难以区分，只是果实硬邦无肉，不可食用）叶芯，将软刺削掉，两瓣合起亦可发出清亮的乐声。而将簕固叶去刺，缭绕成喇叭状，是极受孩子欢迎的喇叭玩具，形神兼备，声音悦耳，而易吹奏。只是不耐长久，三五天即叶片枯萎。还有一种喇叭玩具是这样的，倘有用完的牙膏壳，将锡皮用剪刀沿着牙膏首端跟壳筒相连处剪掉，剩下一个较坚硬的、漏斗状的物件，将其倒置，插在自制的“簕固菲”上，就成了一支微型喇叭，牙膏壳越大，所获得的喇叭口就越大，就越显得逼真好玩。

村子里的人，爱哼唱几句戏文的人不少，毕竟音乐最能抒发人的感情。年轻人尤喜吹口哨，香港武打电视连续剧《再向虎山行》插曲有云：“留步，喂留步，前面嘅姐姐请稍稍留步——”这是年轻男子最爱用口哨哼的一节曲调，对着村姑少妇，显得轻佻而不猥亵，毕竟只剩下曲调而没有露骨的挑逗了。不过，嘴巴与舌头要称之为乐器，似略显牵强。

反抗者

唇舌的风暴

三十多年来，跟父亲的冲突基本停留在嘴上。那是话语的交锋，唇舌的风暴，是观念及想法上的分歧、争执乃至碰撞。父亲固执己见，寸步不让。他自以为真理在握，倘若我不服从那将有麻烦乃至灭顶之灾。他不惜一切代价乃至让我大光其火仍不肯退让。我们争执的多是不关痛痒的鸡毛蒜皮之事，不管听从谁的，都不伤大雅，无关紧要。然而，我听着他喋喋不休的聒噪及巨石滚动般的嗓声，深感烦躁难忍，觉得耳中有十几把电锯在呼啸或喉咙被垃圾填埋，几欲呕吐。我以为父亲的观点古怪离奇，不值一驳而迹近于无理取闹。但是，他严格约束我的行为，一定要做某事或非要这样做，不准做某事或非要那样做。

他恨不得用一根绳子将我拴在门前的大树上。我是一个囚徒。我从无独立自主的可能。这一切都是因为他爱我。他认为将一个孩子养大太难了，上山可能遭蛇咬，下水可能会溺水，爬树会摔断腿，跟孩子玩可能会被人家用石头砸破脑袋，最安全的就是龟缩在屋子里，哪儿都不要去。父亲的想法很偏激，将偶然性当成了必然。让我愤恨的是，他的担忧几乎都一一应验了。他的提醒常有事实为依据，听来却有诅咒之感。那些问题最终被父亲一一化解，但他对我的约束愈加收紧。譬如，他不准我去长滩游水了，长滩是凤凰村孩子的水上乐园，潜水、摸蚌、打水仗，有无穷尽的乐趣。他见到我偷偷跟同伴去游水，必然像老鹰抓小鸡那样把我揪回来。从午后数落至天黑，列举了我可能被淹死、被水蛇咬、被河床扎黄麻绒的篱桩戳伤等数十种潜在的危险性，听得我心烦意乱，仍未罢休。在跟父亲的冲突中，我最同情耳朵，它几乎每天都饱受荼毒。

我步入少年时，第一次记得较清楚的冲突是马园山挖荔枝坑事件。当时我就读于石湾初中（即在我小说中多次出现的重要场所黄花初中），曾被迫在老师的安排下帮石湾大队的农场挖荔枝坑，长宽深各一米，是很劳累的苦力活，但也能锻炼人。当时石湾一带在上头的号召下，大兴种果之风，龙眼、荔枝、芒果、三华李、菠萝等水果将遍布石湾一带的山头和坡地。凤凰村按照要求，也得将全村所辖的丘陵如马园山、马自山、园山、猪娘山、鬼落山等辟成果园。各家按人头分配地块，按一定的间距及行距挖坑种荔枝，到时分头栽种，各自管理。种苗由上头统一安排采购，所挂之果，上头将统一收购，保证果农不愁销路。父亲对此不看好，不积极分地，也不去挖坑。

我对种果特别有兴趣，觉得种什么都不如种果好，过得几年，枝头硕果累累，光是看着心里也舒坦。小河对岸的鬼落山单独有一户人家，将一面山坡辟成了果园，有番石榴、芒果、龙眼、菠萝蜜、杨桃等等，村中小孩垂涎欲滴，时常突破丛丛荆棘竹簕的封锁去偷果子。主人为防小偷，养了一只凶悍的大黑狗看守果园，几乎将村里的孩子咬了一个遍。有一次，堂妹路过其家门，被发飙的黑狗一直追赶至小河，吓得屁滚尿流。后来主人不好意思了，用铁链将狗拴在门口的番石榴树上，若有陌生人进入园地，它仍狂吠不止。

村庄过去曾有成片的龙眼、荔枝及番石榴、橄榄树等，一年四季，果园飘香，但在大炼钢铁时期毁于一旦，大批百年老树变成了木炭，继而化为火灰，被撒入了稻田。后来虽有零星果树，种于屋前背后，要称得上果园的，只有鬼落山那家了。人家自迁居那天起，已苦心经营，十数年后略具规模。

我有心效仿，算过一笔账，种上几十棵果树，十数年后，果子就享用无尽了。我曾在屋边种过苦楝树，已粗如手臂，等长大成家时，砍伐了打一张大床。这是村中少年的向来作风。到了果子收获的七八月间，我在彼处果园游荡，收集人家丢弃于地的果核，有芒果、龙眼、黄皮诸种，至于番石榴已被人家连籽带肉吞入肚子，而菠萝蜜的果核滋味粉香如板栗，没人丢弃。

我收集到数十颗种子，放在瓦盆育好种苗。有十几株种在老屋跟门口垌之间的空地，另三十多株果苗种在门星岭家中废弃的砖窑地一带。我放学后，每天都要看一看，浇一浇水，数一数芒果苗又长出了几片新叶。有一天，我去窑地一看，心凉了半截，那些果苗不翼而飞，显然是被邻村人路过时顺手牵羊了。在屋边的这十几株果苗也命途多舛，芒果树只存活了一棵，龙眼树不知所终，可能是被畜生吃了。菠萝蜜长到手臂粗时，被旁边稻田的主人一刀两断，理由是遮住了水稻采光。该树很顽强，后来又从创口处探出嫩芽，最终长成大树，至今挂果十多年了。每年都挂数十只圆滚滚如木桶的菠萝蜜，是本地的优良品种，肉质肥厚，爽口甜脆。一到夏天，果肉的香味从果实爆裂的缝隙泄露出来，弥漫于空气中。

那棵芒果树挂果更早，树高十数米，绿冠如盖，正月开花，三四月间结成形如猪腰的青果子，迅速膨大，并在六七月间成熟。我在外地念书、工作，从没享用过。弟妹及堂侄们就大饱口福了。每年果实均挂满枝头，丰产时有数百斤。弟妹们也不去采摘，想吃时就抱住果树摇撼，掉落的芒果就捡来吃，必是熟透了。芒果要“木熟”的才好，这在市面上买不到。二〇一〇年秋，二堂哥建新居，将老屋拆掉，砍了芒果树，说有挡住他们出入之虞。这十多年来，我家已迁居县城，那棵果树的果子多被堂侄们享用。可惜了。

我童年种果乃牛刀小试，当时听说村庄各家各户都有望成为果农，不禁雄心万丈，准备大干一场。父亲冷眼旁观，毫无热情，他认定这是上头一时头脑发热的馊主意，这事儿早晚泡汤。上头的话能信么？受愚弄不是一次两次了。父亲有名言曰：人叫我走我就坐，人叫我坐我就走。我和二妹扛着“鸡公帮”（农场专用于开荒掘坑用的钢制锄头，较常规锄头质量更佳），早出晚归，去马园山挖荔枝坑，一面干活，一面想着荔枝满园的美事，干劲十足。每天都累得筋疲力尽，手上血泡一连串肿起，疼痛钻心。父亲劝我俩不要去跟人家瞎折腾，我俩不管。他认为我俩吃了几天苦头，自然会罢手。

没想到闹出事端。相邻一块地的人，是个虎背熊腰的男子，五十多岁了，刚买了个十八岁的越南妹做老婆，平时不算强横，见父亲软弱可欺，竟图谋我们的六个荔枝坑。按惯例，从山顶到山脚，拉直线为分界，我们两家的果园地分居两侧，他偏要拐一个弯侵入我们这边，要夺去六个荔枝坑位。我跟二妹哪儿肯依？我眼前浮现出了六棵挂满果实的荔枝树。我跟他理论，他不理我。父亲瞧了一眼，说："我儿就给他无妨。"宁愿吃亏，不占便宜，吃亏是福，这是我们家的祖训。旁观者哈哈大笑，我嚷道："决不！"这不仅是荔枝坑的问题，也是一个尊严受损之事。父亲被人瞧不起，屡受欺负，甚至被抢占山林田地也像缩头乌龟一再退让。我十五岁了，决不允许像过去那样任人鱼肉。二妹也不是省油的灯，坚定地站在我这边。她人小声大，伶牙俐齿，据理力争。旁边的人说："过三五年，人人有果吃，你们就看着别人吃吧，老窦（粤语，即父亲）太没用了，你们兄妹将他抬到池塘去浸水呀——"

他们一个劲儿起哄，我们更感气愤和屈辱。我必须夺回这六个荔枝坑，才能在村子抬起头来。二妹手持锄头就去那块争议中的坡地掘坑。那人一把夺过锄头，放在膝头一磕，将竹竿做的锄头柄拗成两截。二妹哇地哭了起来，低头向那厮猛冲过去。那厮顺手一推，二妹像圆球骨碌碌地顺着山坡滚落，直落入山脚的河湾里。她举着手臂，像一只鹅扑打着翅膀。她的哭声，像玻璃碎片切割着瓦蓝天空下的气流。我目眦尽裂，举起锄头就要冲上前去。我豁出去了。闻讯赶来的父亲劈手夺下我的锄头，斥道："你给我回去！一个破坑有什么好争的！"他对那厮说："那几个坑位我不跟你争，但你怎能对一个妹仔下手？你就下得了手？"那厮略显羞愧，张口结舌。围观的人群哄堂大笑，有人嘘声说："就知道是这样的结果，一点悬念也没有。"

我当时手足冰凉，脸上滚烫，我为父亲的软弱而无地自容。我蹬蹬蹬地冲下山坡，听到了耳畔风声呜呜作响。我像一只大鸟在盲目而悲伤地飞翔。我在想象中飞越了云端和这个世界，到达了传说中的黄金国度。我恨这个村庄，恨这群人，但最恨的是父亲。我当时处于疯癫和迷乱中，只是疯狂地奔跑。我跨过小桥，跨过门口垌和江竹垌，踏上了火窑地和竹箕山，才发现在朝着心中的圣山中火嶂跑去。

我掠过一个念头，就跑到中火嶂躲起来好了，让谁也找不到，发誓这辈子再也不见父亲。当跑到马自山时，我腿软了。我像一只倒空了的米袋瘫倒在路旁。我连站起来的力气都没有。我听到身后传来父亲的呼唤，惊惶而紧张。我钻入路边茂密的林子里。我吞咽着泪水，四仰八叉地躺在松软的芒草之上，像一只悲伤的野兽舔着伤口及皮毛。一会儿，外面响起了慌乱的脚步声，我不用张望就知道是父亲，何况他走几步又唤我一声。我不吭声，放松了紧张的四肢，宁愿就这样一直躺到世界的尽头。父亲往中火嶂的方向奔去，他了解我对中火嶂的情感。我原本也是要往中火嶂奔跑的，但体力不支了。我必须增加在马自山躲藏的时间，才能抵得上去中火嶂的效果。

我决定忘掉那几个该死的荔枝坑位，忘掉滚落山坡的二妹，忘记我的仇敌和父亲，忘记这一切。这天晚上，我将和马自山顶上黑暗的天穹、草木、鸟雀和虫豸为伍。

我迷迷糊糊地睡着了。我在短促的时间里做了漫长而恐惧的噩梦。我像一棵被连根拔起的树木被到处驱赶。在另一个梦里，我像一块巨大的石头，不停地从山顶滚下山坡，又努力攀至山顶，只要一到山顶，又被一双看不见的手轻轻一推而不可避免地坠落。在浩瀚无限而波涛汹涌的黑暗海面上，我坐在一艘空船上，独自一人，没有一点食物和水，船舱外面是午夜般起伏而黑暗的海浪，波涛的声响犹如黑暗之兽的鼻息。我梦到了旷野上的一间小屋，没有门，没有窗，没有光亮，我不知道是如何置身其中的。屋外响起忙乱而嘈杂的脚步，我看不见一个人。我大声呼喊，无人应答。我想出去，但没有出口。处身于黑屋子的恐惧，使我惊呼出声。我终于醒了。天黑透了。没有月亮，辽阔而暗黑的天穹上有一把星星在闪耀，它们似乎组成了一张小丑滑稽的鬼脸。这个图案让我想起了扑克牌里的“大鬼”，我身在现实中感受到了真切的惊恐。猫头鹰的怪叫使黑暗的山岭平添不测，而身畔的草叶在簌簌作响，仿佛有大蛇在草丛中借道穿行。我再也坐不住了。

我在夜色中摸索，星空下的小径依稀可辨，我回到家中，母亲已做好晚饭，几个弟妹在眼巴巴地等着开饭。我不管母亲的数落，回到房中倒头便睡。当我睡到半夜，见父亲捧着一盆饭菜守在床前说：“仔呀，吃吧，吃吧。”我百感交集，没有吭声。我接过饭盆的瞬间泪水横流。

那天，我从石湾初中放学回来，父亲早早就从地里收工，煲好了猪骨粥，但等我们全吃饱了，仍不见四弟回来。这是很少见的事，三妹坐不住了，她跑了出去。良久，她将四弟背回来了。他满脸青瘀，奄奄一息，手脚绵软无力地从三妹的脊背倾垂下来。事情是这样的，四弟被一帮少年堵在村巷里，被迫跟一个年纪相仿的孩子打架，两个孩子一次次被击倒，又一次次地爬起来，直到浑身酸软无力，全身虚脱。那帮少年在一旁观看，一边鼓掌一边大笑，罪魁祸首就是村庄北端的黑猫。黑猫脸庞黝黑，脸上凸着一对三角眼，十三四岁，整天游手好闲，坏事做绝，是村中臭名昭著的小流氓。四弟和那个无辜的孩子成了黑猫一伙的玩偶，我想起一个无聊的游戏：斗蟋蟀。我冲了出去。

我们在田野里追逐了大半个小时，黑猫拼命逃跑，我紧追不舍。黑猫吓得屁滚尿流，他为了摆脱我的追捕，跑入了一片芥菜地。他希望我投鼠忌器，谁知我马上冲入芥菜地，那一片绿油油的芥菜被踩成了烂泥。最后，黑猫是在番薯地被我抓住的，他身上没有一丝气力，他绝望地将头部钻进番薯的叶丛里，恨不得将整个身体也钻进去。当我将他揪出来时，他脸如土色，双腿抖如筛糠。我说你不要怕，我不会动你一根指头。但是你想跑，就别怪我无情！我将他押入他家院子。

那是一个炎热的夏日，黑猫的父亲坐在院子里，手摇蒲扇，好不悠闲。他见我扣着黑猫的双手，两人蓬头垢面，不禁一愣。我述说了黑猫的恶行，说得简洁、准确而清晰，犹如法官在宣判罪犯，然后说，阿叔，你说咋办吧，我没有动过他一根指头。他咆哮道，你放开他！我说，你说咋办？他呼地站起来，捋着衣袖说，办你×！我不再说一个字，打了黑猫一记耳光。他父亲野兽般扑过来，我毫不退缩。等父亲带着三妹闻讯赶来，两人已扭打成一团。那一年，我十五岁。我身体矮小、单薄，而敌人强壮如牛，我根本就不是对手。我像愤怒的豹子，被一次次击倒又一次次站起来。这是我唯一的一次斗殴。

那次斗殴，以父亲的息事宁人而告终，他不停地赔礼道歉。黑猫一家占尽上风，顺着台阶下来。父亲将怒火中烧的我拉回家，说要忍一定要忍，人家欺负我好过我欺负人家。据说这句话是祖父生前最爱说的。父亲继承这句话，犹如继承一笔遗产。我平静后说，我也不想打架，真要打我也不怕。父亲不再言语，他的嘴在嚼动，他把嚼烂的草药吐出来，敷在我的伤口上。我“哎哟”连声，异常疼痛。

正确的道路

通常，父亲的诸多做法让我顶心顶肺，尽管他也喋喋不休或激昂暴躁，但极少生气，他只执拗而坚决地让我放弃先前的做法而听从于他。他认为我的想法及行动是错误的，是要撞板的，他不惜一切代价要将我从歧途拉回到正确的道路。他也有一两次差点失控而崩溃。在我命运的三岔口，父亲又一次证明他是对的，他对我的强硬是必须的。

一九九〇年，我初中毕业了，考取了蒿城师范学校。但那是一次灾难。长期以来，我的内心充满焦虑和不安。我的心像火药，身躯像弹壳包裹着它。我压抑着，封锁着，整个人犹如沉睡的子弹。我远离一切枪膛。我只能如此，别无选择。回头来看，这种内心的焦虑也许来自父亲对我深切而隐秘的期望。

父亲希望我能通过读书谋求前途，这也是农家子弟鱼跃龙门的唯一途径。而父亲在期望中寄寓更深切的东西，他希冀我借此恢复祖先的荣耀。我是在乡村学校读完初中的，要考取大学谈何容易！父亲的期望几乎将我压垮。这也许是我忧郁的根源，这至少构成了童年阴影的一部分。但也未必，正如煤炭不是木头的影子，更不是时光的灰烬，而是火焰的结晶。与其说这是成长的代价，毋宁说这是养料。我犹如置身于漆黑的铁皮屋，找不到出口。厄运像猛兽在黑暗中窥伺着我。

那年八月的一天，暮色苍茫，父亲和二妹仍在地里劳作，三妹在对面的山坡上捉鸡。家里养了一群鸡，白天用鸡笼挑到山坡放牧，晚上要捉回来。暮色慢慢覆盖下来，逐渐取消了其他颜色。树影在夜色中摇曳，猫头鹰在鸣叫。我在炒青菜，在低矮而漆黑的厨房中，水汽缭绕。灶头上点着一盏油灯，而灶膛里火光熊熊。那天恰好停电，檀梁上的那只五瓦灯泡沾满污垢，犹如一个灰黑的蜂巢。在火光吞吐之中，两个少年推着自行车走进庭院。他们带来了喜讯——我被邻县蒿城的师范学校美术班录取了！一个少年递上牛皮纸信封，我嗅着信封陌生的芬芳，一股狂喜像泉水在心底迸溅。我手忙脚乱地招呼着同学，笨拙地表达着谢意。

父亲很高兴。但录取通知书的那九百元学费让他一筹莫展，他没见过这么多钱。母亲在外地打工的那一百多元月薪，无济于事。他抱着脑袋想了一夜，决定变卖家中那点口粮并四处筹措。在北京工作的二伯父提供了三百元，最后一百元着落在嵩城的亲戚身上。孰料，等父亲带我到了嵩城，该亲戚却说，美术班读来没啥用，不要读了。父亲说，你答应过借钱的，借我一百吧。亲戚说，我不借，没用的学校读也是误了孩子。结果，等翌日父亲返乡筹够九百元再赶到学校时，我的学位被候补顶替了。多日奔波竟是如此结局，父亲双眼发黑，差点当场昏厥！校长是个戴着眼镜的中年人，他抱以同情，但表示爱莫能助。他说，明年再考吧。我扶起身体瘫软的父亲，盯着校门上镀金的大字，我记住了该校的名称。

父亲回家后，用脑袋撞击泥墙，尘屑纷飞。他大病一场。嵩城之行，成了父亲的心病。我为了避免刺激父亲，强自压抑。一天，我在父亲下地时，用生姜植株自制的“毛笔”，以狂草在裁成长条的白纸书了几幅“天生我材必有用”之类。我需要发泄。我亲手种的那棵苦楝树挂着白纸黑字的“书法”，犹如迎风飘荡的旗幡。我用小刀在苦楝树上刻写了几行名人警句，有一句是我的想法：我会离开村庄的。我久久呆在树林中，没有发出声音，妹妹们发现地上一片洇湿。我无声地流泪，仅差一步就实现父亲的愿望了。

二十年后，我用手摸着那些无法辨认的字迹，仿佛触摸那个少年的灵魂。那一年，我以自己的方式，完成了告别少年的仪式。

读不到师范，我还有一个读三江职中的机会。我当时听从老师的建议，如果考普通高中，以我的水平怕够不上。我在班中成绩名列前茅，要读职中分数就差不多，每个毕业班有五六个推荐考大学的指标，也是一个出路。于是我听从了。

三江职中的录取通知书到了，父亲坚决反对我读职中，认为不能考大学的中学，读它做甚？我辩解说："还是有几个指标的，到时我一定会争取。"他说："此类指标的事，我太清楚了。不可能轮到你头上的，事情不像你想象的那么简单。"我们唇枪舌剑，吵闹不休。他为了杜绝我的念头，将那张通知书"嗤"地撕毁了。我的怒火腾地飙起，像一支火把吹拂着烈焰。我气得发抖，说："我活不下去了。爸爸您不想我活了！"

我用锄头在老屋旁边的芒果树底下挖坑。我想着将坑挖到合适的宽度和深度，我就躺下去，用手将泥土往身上拨弄，将自己活埋好了。我当时气炸了肺，昏了头。父亲兀自在滔滔不绝地说，我跑到哪儿，他跟到哪儿。我在挖坑，他就在旁边数说，他从不同角度、不同方式试图说服我相信他做了唯一正确的事。我一句也听不进去。我头脑里浮现出了我被活埋在地底时，他仍毫不退让，仍在对着地底下的我在饶舌。我掘得更起劲。父亲说得唾沫横飞："你冷静下来想一想，职中学的是农业技术，养猪养牛，这个有什么好学的？不用交学费也可以掌握，毕业后还是种田，不会有工作，而又不能考大学，所谓考大学的指标，早被有权有势有关系的人占去了，哪会轮到你？仔呀，这个世道黑啊。即使让你考，你也考不上，你整天去学农业技术，哪有考大学的知识呢？……"我不理他。我觉得他的话语和声音像金头苍蝇往耳鼓里钻。我恶心得想吐。

我只是努力挖坑，将以前掌握的挖荔枝坑的技术发挥得淋漓尽致，我要躺到坑里去看他到底还有什么要说。尽管我对他改变主意毫不乐观。我认为，即使职中如他说的那么不堪，却是我唯一的选择，我不可能考取普通高中。重要的是，那是我选择的道路，即使全错了，也由自己承担。我十六岁了。我就是在那年和同学骑自行车到官桥镇去领取身份证的。我不想再受父亲摆布。我一直被捏着脖子喘不过气来。到了今天，我要抗争到底。

忽然，锄头响起叮当一声，似碰触到陶罐、铁盒之类的硬物。我倏地涌上一阵狂喜，我想起之前广延在紫薇坡挖到了一罐银元，从而引发了持续多日挖宝藏的风潮。莫非我横财飞来不成?

我小心而紧张刨挖，终于，我挖出了一个小坛子。但我一看这个坛子太熟悉了，不禁心一沉。那坛子是若干年前我亲手埋下去的。“埋宝藏”是凤凰村小孩常玩的一个游戏，孩子们将自己的喜爱之物埋入土中，过几年再去刨挖出来。我将此事忘掉了。我也不知道里头埋的是什么。

我怀着失望和好奇的双重心情将坛盖打开，看到了一个四方如肥皂般大的塑胶匣状事物，三面装着镜片，只有一面是空置的，也不知是什么仪器的镜头。我猛然想起，该宝贝我曾翻箱倒柜而遍寻不着，我以为永远失去了它，没想到失而复得。这是我读小学时从一个远房亲戚那儿得到的，用这个镜头望天空，似乎能看到无限宽广的世界，云朵、蓝天及遥远的天穹在镜头中呈现出多层次的、难以言说的神奇。我一次次沉湎于用它仰望天空，在田野、村巷和山冈上看，从天井或黄泥屋的木格子窗往外看，通过它看到的是一个辽远、广阔的天地，仿佛更高远，更幽深，更辽阔，更清晰，具有梦幻性而带上了虚构的性质，所看到的宛若超现实的空间。我不知道这是什么仪器，有点像望远镜，但肯定不是。我通过它看到的天空没有边界，仿佛触及了无限或另一重天空。我以为彻底失去了它，我失去的是一个迥异于现实的世界。我有好几天闷闷不乐，沉浸于伤感之中，一股丧失珍宝的感觉攫住了我。

我将该物拿起来，透过它仰望天空，天空以更神秘更清晰的面目呈现于眼前，我的愤懑像穿了孔的水袋，怒气像水于刹那间漏光了。我看着脚下那个长方形的土坑，觉得自己太荒唐太滑稽了。但我必须将坑填平。我将被父亲撕碎的录取通知书埋入坑中，我从事的是另一个埋宝藏的游戏。

尽管我对父亲的安排不以为然，但放弃了抗拒。我决定听从父亲的安排，重整旗鼓，回石湾初中复读。

蒿城之行对父亲的打击虽大，但他不认为是我的问题。我倒无所谓。我对所谓的前途险恶缺乏认识，也不了解这是改变命运的机会，我之前就没多大期待。一个乡村少年的命运几乎已被设定，那就是在乡下种田，改革开放后，增加的可能性无非也就是到珠三角打工。乡村孩子进城的通道几乎被堵住了，要通过读书寻找出路何其艰难。在我所就读的石湾初中，绝大多数止步于初中，极少数能顺利考取高中的，也没有几个考得上大学。邻近洲垌村有一个男子考了三四次，每次都差那么一两分，发疯了。乡村初中的学生，很少有人不自量力想去高一级的学校深造，大多数只想混够三年之后，拿到一纸毕业证，去珠三角打工时会写一封简单的家书，仅此而已。

这所学校近十年来，没有几个人考取普通高中，它唯一的贡献就是源源不断地向珠三角输送牛高马大的打工仔和心灵手巧的打工妹。该校的老师都有本事把教学当成业余或副业，他们各怀绝技。譬如语文老师，他有一手绘制美术字的绝活，在县内外大名鼎鼎，公路旁、厂房边、农村的泥墙，随处可见他用石灰浆刷写的美术大字："计划生育是一项基本国策""一人参军，全家光荣"诸如此类。生物老师是出没两广的猪崽贩子，他牵肠挂肚的是猪栏的猪崽而不是学生。有一次，他突然敲一下脑袋，想起猪崽忘了喂食，把课本一扔就跑了，扔下一句话："大家自习吧，都呆在课室里，别乱跑！"历史老师兼班主任刘芳连秦始皇是哪个朝代的人都搞不清，但她绝对是一位天才的裁缝师和杰出的推销员，她把生意理所当然地做到了班上：班上的十二名学生官，自班长以降，每人订做一套"官服"，每位"官员"交十三元钱。我不幸做过学习委员，我说，我拿不出这笔钱，老师您把我撤了吧。

当我数年后从化州三中毕业，班上考上本科的只有我一人，另有七八个同学读专科。大多数同学在残酷的命运壕沟前仆倒而万劫不复。也许，我身上集中了所有乡村兄弟的痛苦，以至于不堪重负？我将自己想象得太崇高了。我能成为严苛命运之网的漏网之鱼，纯属偶然。在过关斩将的道路上，我随时会被击倒或毁掉。当然，过关的人可能也是另一个，不少同学不缺少天资，也不缺少理想和苦斗，只因为一次不成功的考试，就被淘汰了。更可怕的是，乡村学生的基础太差，注定不可能在任何一次考试中获胜。其中的关键所在，我思考了二十年，并在我的长篇小说《我的一九八四》中有所体现。乡村学生的命运凸显了巨大的悲剧性和不公平，这跟我们的父辈和祖辈——生活在中国乡土最底层的农民是一脉相承的。我们从来没有过更多的希望，即使在今天。

那些在初中怀揣着梦想的乡村少年，他们迟早要被击倒。这没有办法。初中只不过是一个金鱼缸，他们不可能逾越那个近似于无形而透明的玻璃器皿。这就是界限和宿命。我想起山坡下的一处鱼塘，那些塘鱼将被养肥而网捉，终以不同的烹调方式端上餐桌。它们在欢快地游动，而不知道仅隔着一道塘堤就是开阔的石湾河，河流将在下游汇入粤西最大的河流鉴江，而最终汇入大海。只有洪水泛滥时漫过塘堤，才会逃之夭夭并获得自由。我就像这样的一尾鱼。

乡村初中的学习环境、师资教学及学生自身的局限，注定了这样的结局。在这样的情况下，一个学生要想学有所成，就像物理老师梦想制造原子弹一样虚妄，像生物老师要通过贩猪崽成为石湾墟首富一样艰难。

一年之后，我考取了化州三中。我放弃了画家梦，开始写作。写作的动机很单纯，就是为了活命。我写诗起步，以最浪漫的方式解决了最现实的问题。那时，我不知道在这个时代做一个诗人，将要付出什么样的代价。这不太浪漫。我在对诗学的求索中，领悟了爱就是祈祷，宽容就是力量。也许这就是生活的真谛。通过写作，我发现了忧郁的根源，也发现了爱的源泉。生活归根到底是荒诞的，这种荒诞无处不在，这就是我们的共同处境。但并不代表我们没有出路，生命的价值正在于对抗荒诞、战胜虚无，在不可能的处境中寻求可能的自由。写作是次要的，但写作也是自我教育的途径，我可以通过写作达到人的完善乃至自我完成，通过写作实现人的自由。

在县城读高中时，我逐渐变得乐观。有一种力量在我身上孕育并生长，并慢慢显示出来。我在乡村初中因衣衫褴褛和粗茶淡饭遭到嘲笑养成的自卑，犹如石膏铸成的外壳在缓慢地粉碎。这得益于文学甚多，我的写作距离真正的文学仍很遥远，但微小的荣耀让我慢慢建立自信。不能简单化地称之为虚荣，这也是一种力量。也许，高中生比初中生更懂得尊敬灵魂的力量。一九九四年九月，邮递员将一个大信封交给我，我拆着信封的手在颤抖。这是一九九四年第九期的《作品》杂志，刊登了我的处女作《民间》，那是重要的时刻。

我差点崩溃

从小到大，我从未停止对父亲威权的反抗，每以失败告终，随着年岁的增长亦偶有小胜，逐渐站稳脚跟并扭转了局势。我二十岁考取大学。那个秋天我跟父亲发生了一场空前惨烈的战争，此后天下三分，大局已定，那是我的赤壁之战，却是父亲的华容道。我终于有了喘息之机，渐跟父亲分庭抗礼，我已远走高飞，在外地读书乃至工作。父亲想遥控我也鞭长莫及了。

那是一九九四年，我考大学的分数略超过本科线，但没收到通知书。临近九月，别人专科的都收到通知了，我却毫无动静。我问班主任，班主任也觉得奇怪，委婉地暗示我可能是落榜了。“你找过关系没有？你有没有够硬的靠山在运作？都没有？啊，这个年头，什么都得讲关系，讲人民币啊。”我略感失落，但也没怎么往心里想。那几年，我除了写文章投稿，也没在功课上用心。我本来对考大学就没抱多大指望。没买过练习册，不要说资料书，连字典也没有一本。没想到一考就上了本科，如果我复读一年，搞不好还能上重点呢。我之前尝过复读的甜头，就托以前的老师张先生帮我联系了化州一中的补习班。据说那个班很厉害。

父亲深受打击，他认为这是我鲤鱼跃龙门的好机会，眼看就跳过去了，就能摆脱农民身份和耕田的命运了。他看到了希望的曙光，但转眼间就乌云盖顶，暗无天日。他受不了。我跟他说："没准我再考一次就上北大清华了，再不济也是中大华师，您不用整天哭丧着脸，成日在耳旁絮絮叨叨，像一只苍蝇嗡嗡叫，吵死人了。"父亲说："你这次考得不错，纯粹是侥幸，刚好碰到你会做的。但你平时也不认真，就想着写什么朦胧诗。今年试题浅了，明年就会深，这是惯例。到时你未必会做。即使你上了重点线，又被走后门的人挤下来。就是考一百次也没用。你今年不上线了吗？为什么没收到通知书？"我说："您说要怎么办？通知又不来，又不去补习班？就整天在家里跟我唠叨。"父亲说："我得去教育局问个清楚。这个世道我就不信了，难道就没有王法？考上了也能被人挤走？你今年上不了大学，我非要用锄头钩掉教育局的招牌不可！"父亲咬牙切齿，满脸通红。那是兔子或绵羊式的狠话，这类食草动物在面对虎狼横行时的愤怒，既忍无可忍又带着谦卑和胆怯。父亲虽然啰嗦，但很少发火。我极少见他动怒，我总是被他刺激得暴跳如雷，而他气定神闲。他竟愤怒了。我心烦意乱，又心中酸楚。这个村子里的妇孺也要欺负、嘲弄和挖苦的农民，从来没人瞧得起的懦夫，居然发怒了。早知如此，我就努力点了。

我口气松软，劝他不要去教育局闹。他不是狠角色，而跟别人又不懂得沟通，话一出口就得罪人，何必自取其辱。

父亲咆哮着说非去不可，拿不到公道就拆招牌！我懒得理他，他刚出门，我就溜出了村口。他得步行五个多小时才能到县城，我只需花三元钱坐车，就能在半个小时内到达。我在县城跟同学们游荡了一整天，在鉴江及罗江交界处钓鱼，暂且将烦恼抛之脑后。我天黑前返回村庄，父亲比我还迟。父亲的焦虑之色有所缓解，他说："教育局那儿没消息。我暂且将那块招牌寄存在教育局的门上，毕竟还有七八天才到九月一日。也许通知书及时寄到。另外，咱们不能坐以待毙，必须采取措施去做一些事。那就是托可靠之人到上头搞。县城有一高人能通天，他听我哭诉了半个小时，愿从你的文学特长入手，特招到粤西某工业专科学院去，只收我一点电话费及交通费，不赚我一分钱。"之前，他曾给我卜了一卦，说我利于远行，还是有指望的。这话我爱听。我曾将叶赛宁的"走出故乡便是最大的胜利"奉为圭臬。

我被父亲的话吓了一跳，才借助黯淡的月光看到门外站着一个陌生男子。该人瘦削如猴，脸色苍白，五官在月光下一片模糊，看不清表情，犹如幽灵。据父亲介绍，就是他牵的线，才得以跟那个大人物见面。他阅人无数，不会看走眼。他一看那大人物的架势，就知道找对人了。那真是比戏台上的大官还威严，难得的是同情穷人，对他很尊重。父亲在村庄遍遭白眼和奚落，从未享受过如此礼遇。他说得唾沫横飞，看来还沉浸于被大人物礼遇的亢奋和激动中。他说了半天，关键的一个数目像惊雷在我的耳朵炸响——要给人家送一千元！我马上反对。我知道这个数目对我家意味着什么。我们根本拿不出这笔钱。他不管我暴跳如雷，跑到内室摸索，将分散于床底、衣柜乃至墙缝处的钞票全抠挖出来，凑够了五百元，剩下的五百，他承诺在三天之内必筹集并交到对方手上。我清楚这些碎钞和硬币的分量，那笔钱意味着厚茧、血汗和数不清的气力。我心如刀绞。我恨不得冲上去冲那人就是一拳。那人拿了钱，转身就走。

我刹那间天旋地转，我冲出门去，我不知道我想干什么。母亲拉住我，她的脸色也阴沉得如漆黑的锅底。她知道那些省吃俭用存下来的血汗钱，都成打狗的肉包子了。

我的怒火像火山爆发，说："那个人一看就不是好人，他有本事搞我读大学？就是搞上我也不去读，太丢人了！"父亲说："就算是骗子，也要给了。他是唯一能抓住的救命稻草了。如果顺利将你搞上大学，你就有前途了。钱是人挣来的，以后可以再挣，但这个机会不抓住，今后就后悔了。大人物答应过我，以你的分数及文学特长，他保证能帮你搞去粤西某工业专科学院，他在那儿有门路。”我反唇相讥：“我不是上了本科线吗？他有本事就搞我上本科，我志愿填的是文科院校，不是哲学就是中文，我对搞工业没兴趣。”父亲说：“重要的是有大学上，上什么不要紧，你上了大学，就吃上国家饷了。到时我们一家人都会沾光，走在村子里也挺得起腰杆了。老话说，一人得道，鸡狗升天，你妈妈你弟妹全指望你了。你上不了大学，我这么多年的辛苦全白搭了。全村的人都嘲笑我说，养你到十八岁了，还不赶紧送去珠三角打工，或者学一门木匠瓦工之类的手艺，赚点钱，然后回家盖房子娶媳妇，但我不甘心，你是可以上大学的。你肩不能扛，手不能抬，能做什么工？你不是种田的料。我唯一的梦想就是供你读成书，你大伯父都笑我，屋无片瓦，身无寸缕，就懂得读书、读书，村子里可出了几个大学生？不三不四，癞蛤蟆想吃天鹅肉！读大学是我们这些泥腿子可以想的事吗？你为什么不去读？全家都想你去读呀……”

这些话我也不想听，我不认为读大学是唯一的出路，也很少考虑什么出路。我不是懂得规划人生的人，也不喜欢，顺其自然就好。我对前途并无清晰的想法，我那时刚开始写作，觉得写作很不错，很有趣，又有稿费。高尔基就没读过大学。高尔基的《海燕》在课本上读了，感觉一般，另一篇《时钟》就不同凡响，将无形而真实的时间跟具体的生活事实和经验交融如水乳，充满诗性和哲思，如波浪和雪花在涌现又消逝，读来让人心醉神迷又惊心动魄。之前读过港台散文名篇《时间之妖》，仿佛仅是这篇杰作的拙劣模仿及注解。杰克·伦敦和康拉德也没有读过大学。尽管我视野浅窄，也知道作家不是运动员，写作教练是帮不上忙的。上述作家都凭靠自我教育使自我蜕变并不断完善自己（后来我发现世上有更好的作家和更多的文学路径，上述作家阅历丰富的道路不适合于我，他们在我看来不是第一流的。如果说巴尔扎克、托尔斯泰、海明威、康拉德、莫拉维亚的文学是一路，卡夫卡、福克纳、博尔赫斯、纳博科夫、卡尔维诺、马尔克斯、科塔萨尔、帕维奇等人的文学属另一路的话，我无疑更偏爱后者。以卷帙浩繁、晦涩难读而让人生畏的莎士比亚、但丁、里尔克、普鲁斯特和乔伊斯等，向来是我的文学英雄），我对前途并无恐慌，我觉得写作业已萌芽，不断发展壮大，只是时间问题。况且，即使我这次没考上，也不等于我下次就考不上。

我几乎被父亲折腾得发疯，那几天，他几乎二十四个小时都在我的床头，或尾随着我，连我上厕所也寸步不离，跟我说那笔钱必须要花的理由，即使毫无价值也能求个心安，毕竟尽力了。我说：“我忘记那笔钱了。

再也不想提这个了。那该死的大学，老子不读了。”他一遍一遍地跟我讲道理，他自以为是的道理。但他不问我想什么，也许他不需要任何人聆听，重要的是听他说。同样的事，同一句话，他翻来覆去地说了无数遍。我想起了祥林嫂。父亲在独白，也在辩驳，在咒骂，就不是在跟我交流。我失去了跟他争吵的热情。他连我捂起耳朵、爬上床去用被子盖住脸也不留意。我退避三舍，无心恋战，溃不成军。我厌烦得无以复加。我觉得他的行为已超越了正常的做法。我担心地问母亲："他不是真的发神经病了吧?”她愁眉苦脸地回答："他有哪天不发神经？你不要跟他吵了吧。由他去吧。”

我节节败退，闻风而逃，但是他穷追猛打。白天里，他像有无数个化身从四面八方围住我，跟我喋喋不休。他像一个有说话强迫症的患者，他滔滔不绝地说上五六个钟头，连水也不喝一口，越说越大声，震得我耳朵嗡嗡作响。我用纸团塞上耳朵，用被子捂住脑袋，仍像困在铜铸巨钟里的人，而他的声音就像有人在外面撞响大钟将我的耳朵乃至心神震荡。我夜间从噩梦中惊醒，却发现父亲坐在床头的暗影里，仿佛一个夜游症患者在说着梦话，忧心如焚，烦躁不安，声音伤感而含混。其实他一直未曾离开，也没有停止过言说。至于他说的是什么，我一个字也听不进去。我不听也知道他说什么，都重复多少遍了。我束手无策。我向他乞求，冲他咆哮，我说，你再这样我就疯了。你再不闭嘴我就要去找那个大人物的晦气了。但父亲不可能停下来，他也许没想过退一步海阔天空，他唯一的武器就是一张嘴，但内容略有变更。他跟我说，千万不能去找大人物的晦气……我没好好睡过觉了。我有气无力，又声嘶力竭地嚷道："您是想我死呀，您想我活下去就不要说了，不要说了——"

我觉得父亲真要发疯了，真患上癫狂症了，自从我上次考取中师不能入学，他的脑子就落下病根了。我越想越怕。我强迫自己冷静，后悔不该再三去刺激他。但没人录取不是我的问题，也托大人物了，也不见某工业学院有通知书。父亲越来越烦躁不安，我也快失控了。后来，我跟北京的二伯父打电话说："我爸是不是脑子有问题?"二伯父说："他有什么问题?他六岁就这样了。他这辈子就坏在一张嘴上。"我从没这样深受折磨，也从没这样深刻地感受到父爱，既有美好也有污秽凄苦，甚至有烈焰般的残暴和冰雪般的冷酷。我清楚这皆因父亲太爱我。我对升学掐断了希望。我试图让父亲安静而不得。

我做好了复读的准备，我对父亲保证来年一定考上重点大学，我受电影上就要奔赴老山前线的无比英勇的人民子弟兵所启发，拿出菜刀要割手指写血书。这个行为将父亲吓住了。我略为犹疑，将满腔怒火和哀愁迁怒于旁边嘎嘎叫的“大鸭头”（即做种鸭的公鸭），我割了它的脖子。它歪着流血的脖子，尚未断气，扑打着翅膀，跳入了池塘。母亲忙着去抓那只垂死挣扎的鸭子。父亲看着我沾血的手，忽然抱头坐在门槛上大声哭泣。

我望着他，浑身气力从身体上流失。第二天，邮差给我送来了一个牛皮信封，封面上印刷的校名让我心头狂喜，我颤抖的手将皱巴巴的信封撕开，大声说：“爸爸，我被录取了！某教育学院中文系，本科！”父亲停止恸哭，狐疑地走过来。他翻来覆去看了三四遍，用拇指摩擦着红印子。这是我的第二志愿，第一志愿是华南师范大学。我听说师范生有生活补贴，这对穷人家来说很重要。通知书来迟了，但还是在关键时刻出现了。它拯救了父亲与我。

那年，我没有依靠文学特长被特招，而早就被省城某学院录取了。录取时间比父亲找大人物早了二十多天。那一千元就算了，我不希望欠别人天大一个恩情。为何我这么迟才收到通知书呢？毕业后我才知道——当时我还有两个校友考取该校——有个同学说：“当时我将你的通知书带回家里，拖了十来天才送到学校。”我说：“哦，原来这样。”他至今不知道这件事。

读大学时，一年学费要三千多元，当务之急是筹到学费。父母分头行动，向所有能找到的亲戚借钱。这次借钱大行动，父母尊严尽失，无异于乞讨，十元八元也要，一百两百更好。这一次，我阿姨及大伯父、二伯父都出了大力。我顺利上了大学。父亲喜笑颜开，在他看来这就是出人头地。那些年，村中考上大学的人没几个。在大伯父带我去省城注册的那天，父亲杀了家里的母鸡，一家人饱餐了一顿，但喜庆的气氛笼罩着一股凝重的忧愁。父亲含泪说出了决定，为了供我读大学，全家人都必须作出牺牲，就是割肉也要让我念完大学。二妹在初中毕业后离开校园，到海南打工。而三妹辍学做小保姆时，小学尚未毕业。那是一九九四年。

父爱总是让我流泪

我读大学时，每年寒暑假各返乡一次探亲。每次出发前，我都告诫自己，千万不要跟父亲争吵，哪怕他说得再难听，都当风过耳好了。他又能说出什么动听的呢？但每次我都跟他吵得面红耳赤，有时连肺都气炸了。我返校时，涉过“裂坑”，登上门星岭的小径，踩着“大石头”黄泥路的小石子，望着路旁的野花和绿树，又后悔得鼻子发酸，赌咒发誓下次决不犯同样的错误，却总是重蹈覆辙。我跟父亲的冲突仿佛永无穷尽之日，除非分隔两地。我想起叔本华谈及社交时以烤火及刺猬取暖作譬，觉得也适用于父子关系。

我少年时爱画画，成年后以写作安身立命。父亲引以为荣，他爱读我的小说，评头品足，表扬几句，或吹毛求疵，常说："太深了，看不懂。"他也翻看我的诗集，尤其是那首写祖母的长诗《农妇陈高英的一生》，也许，这是唯一一首能读懂的诗，内容全出自其讲述。

毕业后，我在省城工作，每年都回家小住数日。父亲仍然无法改变他多嘴及好事的习惯，人总按照其天性去做事，譬如他爱刨根问底。我很不耐烦，又啼笑皆非。我都快四十岁了，他仍当我是小孩。父亲六岁丧父，所以他缺乏为人子的经验而很少站在儿子的角度看问题？也许，在父亲眼中，儿子再大也还是儿子吧。况且父亲的每句话每个行为都在担心我、关心我，我为何不能忍耐呢？听不下去，就当耳边风好了。父亲日渐老迈，白发苍然，当年移山填海、整天开荒的壮汉如今连爬上八楼的住宅也气喘吁吁了。

父亲那么爱我，这种爱却让我难受，这里头肯定出了问题。父亲到底是什么样的人呢？之前很少想这个问题，对其年少的事迹也所知不多。我刚动笔撰写长篇散文《田野的黄昏》时，于二〇一一年五月回家跟父亲的又一次争吵，我被迫思考上述问题。每次我说回去，父亲都早早做好准备等我。过去我刚到门星岭就看见父亲在村口站立如树。后来在城里定居，我到家多是午夜，父亲总在小区门口等候，帮我提行李。

我计划用一个章节来写乡村货郎、阉鸡佬、木匠、瓦工、做戏佬、巫师、禁头、唢呐手之类的怪人或特殊职业者。这些人既是农民，又比一般的农民脑筋活络，有一技之长，在种田之余，能利用农闲搞副业。这些人在村庄越来越少了，这是民间亚文化的样本，颇值得记录。

父亲说："你要写就写祖母，还是她的事迹感人。她一个寡母婆养大了三个儿子和一个女儿，培养了一个大学生，在石湾水一带很受人尊敬。"我今天的兴趣不在于此。我又请教他关于扶乩、做社、葬礼、做斋等村中风俗，他对涉及灵异之事支支吾吾，语焉不详。这又触及了他的某些禁忌，故装聋作哑，搞得我只好请教他人。他只是说当年祖母如何含辛茹苦，耕种之余，养鹅和拾穗，拉扯大了儿女，真是伟大的母亲啊。我说村庄的好人好事听得多了，能否讲些通奸、斗殴、偷盗、凶杀之类的事？当然也不局限于本村。我对这些很感兴趣。父亲坚持说凤凰村民风淳朴，没出过盗匪，更没有凶案，尽管邻里之间也时有因水田、宅基地之类闹过纠纷，却不伤和气，红白二事，都能守望相助，一笑了之；既没有偷野汉的女人，也没有戴绿帽子的男人……

据我所知，村庄的实情恐有出入。父亲就常被他人霸占宅基地，饱受欺凌，甚至多次被人殴打。他似乎都忘了。他不是有仇必报之人，但也忘不了那些奸恶之徒吧。他不想提及村庄丑闻，完全是维护出生地的声誉而不愿重提。他也不想得罪人。这是一个胆小如鼠的人，我曾劝他将这辈子被别人欺负的事和盘托出，这大有文章可做，说不定就是一部中国版的《被侮辱与被损害的人》呢。父亲三缄其口，不愿透露。我解释说，经过虚构及塑造之后，小说里的人物看不出您的影子，您的讲述只是引子罢了，就像一根导火线，而我做成的是一个炸弹，当它轰然炸响时，不会有人留意那根不起眼的火药线。又有谁看到呢，那些欺侮您的人早已赶赴黄泉，不可能有人知道。父亲就是不肯透露，他宁可沤烂在肚子里。也许，他是真的将那些事忘了。除了旁人讲述的片言只语，就是我幼时记忆中的一鳞半爪了。

我们家住八楼，水压上不去，过去到半夜还能装点水。这次回家，一滴水也没有，母亲买的四个大塑料桶无用武之地。平时只好用水桶从一楼提水做饭，我跟妻儿像沙漠的人那样省着用。我搞清楚了情况，原来别的楼房都额外加装了电泵，楼顶有大铁罐贮水，不装水泵的就麻烦了。我忍不住了，说："咱们也装一个水泵，不就是一千几百元的事吗?"父亲说："不能装水泵！如果装了，电费、水费必空前增加，到时要害我交电费了。政府自然会解决，要相信政府，长期没水用，自来水公司不倒闭了？听说他们要重新铺设水管，安装大水泵，到时水压的问题迎刃而解，现在先提水使用吧。平时到凌晨三四点，还是可以装满四大桶的。这几天也真怪，可能是五一节用水人多了。真要装水泵，咱们就不要自来水公司的了，又不清洁，不如在楼下觅空地打一口井，到时喝井水去。”我逐条反驳，认为钱能解决的事，就不算什么大事，花费又不多，我每月都寄一笔钱给父母做家用。他们也做小贩，每天能赚一点。父亲决不让步，我胸口堵得发闷，好久没跟父亲起冲突了，竟一时手足无措。我跟自己说，千万莫发火，但还是忍不住咆哮。父亲仍在絮叨，这让我想起昔年考大学时的恐怖时刻。我决定一言不发。尽管父亲的观点太离经叛道，我还是因发怒而羞愧。“我不说话了。”我对父亲说。

我在生闷气。也在那天晚上，我第一遭思考我跟父亲数十年来的冲突，都是鸡零狗碎之事，也多是话语上的争吵，而甚少行为上的冲撞。记忆中他没打过我。然而，我忧郁的根源可能来自家庭尤其是父亲对我的禁锢及压抑。我从不怀疑父亲对我的爱，但是这让我难受乃至窒息。他一向以他的想法及方式强加于我，而毫不理会我的内心。我孩子气般吼道：“您不让我爬树，不让我游水，看到我跟伙伴玩游戏，就像老鹰抓小鸡般将我揪回来。这几十年来，您控制我还不够吗？快四十岁的人了，出门见个朋友都要刨根问底，要么不准出门，要么要陪我去。我是大人了，我受够了。”父亲理直气壮地说：“哪有父亲不担心小孩安全的？你到九十岁也是我的儿子。”我说：“您就不能有片刻不管我吗？我从无欢容笑面，都是您长期压制的结果。”父亲说：“你远在省城我想管也管不了，也就管你片刻却受不了。”

“我不跟您说了！”我决定不说话。我在赌气。我胸口憋闷，我懒得理他。他不停地说话，我一句也听不进。后来，他拿着电蚊拍过来，“噼啪”连声，电死了几只蚊子。他说：“有蚊子呢。”我不吭声。我想起童年时在凤凰村，父亲用蒲葵扇给我赶蚊子，用煤油灯烧蚊子，用“秆传火”熏蚊子，总之不让蚊子跟我接触。我不禁鼻子发酸。半夜，我被蚊子咬得奇痒难忍，火冒三丈，是闻讯赶来的父亲将蚊子消灭而让我安枕。父亲又开口了，这次他讲了个拙劣的笑话，他是毫无幽默感的人，像童年时那样哄我，但他毫无把握。他不惜讲了个村子里偷情的事。某妇人跟村里的光棍汉好上了，每餐做好米饭，都要趁着挑水给他送一海碗。饭菜藏在桶底，别人看不见，但总有热气往上冒，终于被他人察觉而告密。丈夫去外地打工回来，磨亮了禾铡刀要杀她，妇人拒不承认，也抓不到把柄。妇人借夜间去给牛添草料之时幽会。“我怎么知道呢？这说来话长——”

我不理他。我像木偶那样不开口，也不动作。他试图用手探我的额头看是否发烧，我拨开了。他转身离去，到厨房提了两个塑料水罐，原来是装花生油的，每个可装二十斤，洗干净了权充水桶用。

一会儿，他从一楼提了两罐水回来，我仍然坐在那儿发呆，思考父亲的爱为何让我滋生恨意，这真是让人头痛的命题。我不喜欢那个对父亲怀恨的我。我越想越对自己生气。我知道赌气是不妥的，但我不打算这么快原谅他。当时，我压根就没想乞求宽恕的人应当是我。我坐在客厅，厨房传来倒水的声音，他又提着空桶出去了。那个巨无霸般的大塑料桶，像个深不可测的洞穴，像巨兽张大的嘴，两罐水倒入去，桶底只有浅浅一层。我估计要将大桶装满，得跑四五趟。而旁边还有同样容积的三个空桶。那天夜晚，父亲一趟趟去一楼提水，他行动迟缓而执拗。我依然没有开腔，他每倒一次水的细微声，都像巨木撞击在我的胸口，让我内心震荡而不安。这个简单而透明的人，口无遮拦的人，一旦认定了九头牛也拉不回头的人，却常有怪异而无法预料的举动。我不知道他想干什么，但肯定跟我们在剧烈争吵后的冷战有关，之前他并没有这么积极。等他灌满第二个大桶又提着水罐出门时，我拉住他，劈手将水罐夺下，说："您不要去了。您不想装水泵就不装好了，反正我每年也就回来几日，我是怜惜你们没水用，我有什么要紧。"他说："提水用也很好啊，顺便活动筋骨。"他嘴角露出了狡黠的笑容。七十多岁的人了，腿脚不灵便。

我转过头去，强忍眼眶里的泪水。

一夜无事，我的气慢慢地消了。这种经历我很熟悉，跟父亲的无数次争吵之中，在两次争吵的间隙，我必须学会平静。我从来没有这样爱过谁，也没有这样恨过谁。无论他让我怎样难受，终究是他养大了我，这就是不可更改的命运。小时候，我看到什么好东西，都恨不得拿回来，跟父亲分享，有什么话都跟他说，这持续到二十岁上大学，仍然跟他说学校的事、为数不多的朋友。有一次，我帮村中某人挑满了一缸水，他愿意借《少西唐演义》给我看，但必须在他的院子读完。那是一本大书，我那时看书一目十行，估计也得三四个中午才能读完。我提出明天再给他挑一缸水，请求他让我带回家过夜看，也就一天一夜。对方同意了。我拟白天看完了，晚上就可以给父亲看。他对我带回来的书没多大兴趣，我以为那书精彩绝伦。他白天下地累得精疲力竭，要么早早上床，要么翻几页医书，印象中他很少读“闲书”。当时我还不高兴。

那天夜里，我思绪翻滚，想了很多往事，睡得不沉。清晨，我发现另外的三个大桶也装满了水，我扶住高大的桶沿，潸然泪下，父亲坐在沙发上，若无其事的样子。他是如何做到提水、倒水不发出一丝声响的呢？我昨夜睡得很潦草啊，窗外的唧唧虫鸣、风吹芭蕉和野猫捕鼠的声音，都没有逃过耳朵。

爱的秘密

问题的根源

父亲是我最重要、最亲密的人。我能确定对父亲的爱。我成年之后，所做的全部努力，至少有大半是做给他看的，甚至想过成为他，我感到自己只是父亲的延续和发展，从父亲那儿来，将要沿着父亲开辟的道路走下去。我在幼年，这种感觉尤为强烈。然而，父亲总让我烦躁，让我生气，乃至彼此大动干戈，争吵不休。在某个疯狂和混乱的瞬间，我痛恨父亲。这跟恨自己是同时发生、性质一致的。这里头肯定出了问题。但要寻溯问题的根源很困难，愤怒和悲伤使我失去了正确的判断。

我只动用头脑而遗忘了爱是心灵的事务。当内心有了缺陷，头脑的一切努力都帮不上忙。父亲对我的爱毋庸置疑（大多数父亲是爱子女的，但视子女如仇敌者仍有人在），只是他的方式让我不安，他很少考虑我的想法。

近年来，我对父亲无丝毫恨意，只有因忤逆而歉疚和悔恨。夜深人静之际，我更能感受父亲浓烈、真挚、恒久的爱，为了子女，父亲可以不计得失，不顾后果，甚至不惜让我发火。我为此而羞愧无地。哪怕从理智或感情的角度看，我显得多么正确，父亲的做法多么简单、粗暴和不管我的感受，这都不重要了。某次吵架时，我说："我不会原谅！"这句话很愚蠢。一个儿子怎么可能宽恕父亲？在以孝道为核心的儒家伦理中，注重礼法和等级，儿子只需要孝顺、服从和尊敬。简言之，就是听话。即使以西方伦理来看，对父亲宽恕也显得荒唐。父亲是造物主的缩影。他通过上帝而创造了儿子。但在自由民主、天赋人权等普世价值流布全球之后，父亲不应再是一个权威或主宰，而跟儿子在人格和精神上平等。父亲不能垄断对子女的爱，也不比别人对子女有更多爱的权利。西方人最注重私有财产的概念，但不会将子女当作私有财产，不会将观念强加于人。反过来，这正是中国式家长做的事情。在古代西方，儿子感受到的压抑并不亚于儒教的忠孝。俄狄浦斯情结是关于这种冲突的高度概括和隐喻，而"弑父"将冲突推向了极端。弗洛伊德将此归结为力比多，却失之简单。更复杂的东西难以探测，仍沉睡于黑暗之中。这是西方最生动的关于父与子的心理神话原型。也许，“孝道”是解开中国式父子关系纠结的钥匙。

在东方，女娲造人说，亦说按神的模样造人，但第一个人的性别不明，之后是漫长而语焉不详的母系社会。这是否跟女娲为女性有关？关于父与子的冲突，要找一个类似于俄狄浦斯情结之类的神话原型很困难。父与子经历了漫长紧张的冲突之后，实现了和解的可能。耶稣这颗爱的种子，在经历了漫长的黑暗年代及辽阔土地的滋养之后，终于开出了自由之花。父亲有责任抚养并为子女提供教育，但不能也不允许其垄断教育的权利。他不是家长，更不是主宰，而只是监护人。儿子选择的道路或对或错（也许根本就没有对或错之分，而只是经历和体验），重要的是他自由选择的权利。父亲不可干涉儿子选择，也不能阻止其行为。这种自由选择的权利是神圣不可侵犯的，他唯一受到约束的是，不能有对他人选择的丝毫妨碍。从表面来看，这是“父爱”的弱化和消减，实则是对作为个人的尊重。在西方国家，这一度被称之为爱的“科学”。然而爱不是科学，而是情感，西方亦由此坠入以“我”为主、人情淡薄的弊端。

这对我父亲这样承载了中国传统文化基因的人来

说，是难以理喻的。他不需要爱的科学，也不讲究爱的技巧，他只知道对儿子负责。他为此不惜使儿子反感、愤怒乃至郁郁寡欢。他从不需要沟通和理解。沟通术属于爱的技艺之列，而中国式的父爱只有付出（同时也可能是枷锁和镣铐）与牺牲——我是对的，我的经验更丰富，你必须听我的，我一切都是为了你好。因为我爱你，为了你的安全和前途，我将不惜采取一切措施保证你离开歧途，回到正路上来。所谓自由选择的权利，我不理解，也不关心。

父亲从不讲究技巧，使儿子觉得父爱太沉重而变异为负担、压力及禁锢。这也许就是我长期压抑的根源。我曾长期困扰于此，我很少对父亲言听计从，甚至难以压下对父亲的恨意，这种恨几乎跟对他的爱一样多。近年来，我认识到，这不能怪父亲。他的背后是积淀了数千年的家长制及独裁，他瞻前顾后，忧心忡忡。他的身躯中矗立着一位高大巍峨、神情肃穆而生活了数千年的古老父亲，过于忧愁而面孔阴郁，他的脸重叠着一代代祖先的面影，他说的每一句话，都在重复祖先的腔调。在这块土壤上长出的果树，只能结出这样的果实。肯定是在某个深刻的根源上出了问题。

而我们这一代，尽管在求学年代（从小学到大学接受的都是洗脑式的精神控制的教育，在中国，一个人要使自己由精神缺陷变得略为健康和正常，就不能不从最起码的常识开始，将头脑里被灌施的精神垃圾及污水清理出去，洗心革面，重新做人）出现了转机，至少不再是文化禁锢及精神控制的过去。在二十世纪九十年代，谈论自由仍是危险的，资产阶级自由化必须被批判。今天启蒙者先天不足，迟迟不来，启蒙的空气依然稀薄而混浊，知识分子几乎全线溃退，但毕竟有了一个透气孔（除了这个国粹那个主义，我们也能接触到另外的思想资源）。至少，在爱德华·W. 萨义德之后，我们被告知知识分子最重要的是良知、自由和批判精神，而不仅是学而优则仕，更不是思想“净化”而献媚于头头。在以赛亚·伯林之后，我们知道国家主义和民族主义的合流必然走向专制和集权（植根于浪漫主义的精神狂热亦搅缠其中），这正是纳粹的起源及其后果。

我庆幸选择写诗作为自我教育的方式和途径。我的头脑积满了淤泥、鱼骨、塑料袋、易拉罐、烂电池、残羹剩饭及枯枝败叶诸如此类，饱受污染，犹如不停地被工厂废水、化肥、农药污染的城郊一块菜地。幸好我内心仍然干净，这既来自父亲的遗传及身教，也得益于父爱的捍卫和庇护。我仍没有在精神领域有所建树。我只是充当了一个清道夫的角色，我掏挖、擦拭、清洗。我呈现。我的写作就是展示这些垃圾以及它们是如何通过学校教育、家庭、社会或强行灌施或潜移默化的。

我想起了在村庄时，父亲在掏挖粪池（即清淤）的经历，每年都要掏洗一次，将粪水挑干，露出沙土和顽石。那些渣滓及硬物连肥料都算不上，那是彻底的无用之物，不将其搬运就无法在下一季农事中积蓄足够的粪肥（主要由人畜粪便及水构成）。父亲将其倾倒到竹林或山坳上去，既不关心其来历，亦无暇顾及对土地的污染。即使是水井，每年也必须进行一次类似的清淤工作，将水挑干，并将井底的淤泥及细沙掏出，以保持甘泉的通畅及清洁。如此，我并不以为我的清洁（虽然仅针对个人或极少数面目相似者而声音迥异的人）毫无意义，但为未能贡献真知灼见而惭愧。一个干净、清洁而空洞的脑袋，如果不能被甘美的思想充满，就终将被别的垃圾填充。这就是痛苦而必要的祛魅过程，但无论怎样清洗，总有沉渣泛起。这是我的局限和宿命。我作为一个卑微者及精神奴隶，最无法根除的是那与生俱来的阴影和气息。

爱不是技巧

父亲对我的爱及爱的方式，我几乎全继承了，并间接地传递到几个弟妹身上去。

我一九九八年大学毕业后，自领到了第一笔工资起，就成为家里最大的经济支柱，我必须以一人之力承担起四个弟妹的教育任务（从小学到大学都有），除了疲于奔命地为他们筹集昂贵的学杂费外（我始终认为教育产业化是魔鬼的主意，这几乎堵截了底层民众子女尤其是城市贫民及农民的出路，直接的后果是毁坏了国家的根基。教育乃民族及国家之本。像我三妹当时就读于北京某学院，一年学费是一万六千元，四年要六万四千元，尚未计算生活费及名目繁多的杂费），而更穷于应付的是，我必须充当引路人和新家长的角色。一九九五年后，弟妹在县城度过了童年和少年，他们比我更叛逆和桀骜，更瞧不起作为乡巴佬和窝囊废的父亲。他们对父亲更不耐烦，更不尊重。他无法维护在孩子们面前的权威。于是，命定的接班人选中了我，这是我的不幸，那时对弟妹来说（我的意义或作用）也悬而未决。

二〇〇三年，作家安石榴撰文《黄金明：他在广州里的化州》说："黄金明在广州生活有一段年头了，一切都在难以觉察中改变，唯有一样事根深蒂固，就是贫瘠的乡村成长经历与之俱来的苦难以及忧患情绪！他至今仍为自己卑微的出身和成长支付着代价，他频频周旋于乡村未竟的俗事当中脱身不得，譬如家里购买化肥和农药、修补房子等等的资金，四个弟妹的学费和生活费以及他们成长的烦恼……他从拿第一笔工资至今，就一直是那个他已经离开但一生都无法割舍的乡村家庭的经济支柱。而他欠缺经济头脑，除了微薄的工资，唯一的途径就是疲于奔命地写稿，透支、滥支着内心的文字！譬如在《南方都市报》写了几个关于爱情、武侠、游戏之类的专栏。这对于他的文学理想是极大的伤害。当时他别无选择，他需要钱供弟妹读书。他最耿耿于怀的，就是他的两个妹妹因为供他读大学而同时离开校园。参加工作后，他暗下决心，有机会一定要竭尽所能将她们重新送回校园，并鼓励她们去考大学。”

我几乎继承了父亲的做法。我有源源无尽的关爱、精力和时间，我恨不得旦夕间使弟妹成长而独立，我甚至帮他们设计生活的道路，安排未来的命运。我比父亲走得更远，也更危险。我疲倦。我痛苦。我依稀了解父亲当年对我的良苦用心，理解了他的做法。我对父亲愈加歉疚。四个弟妹终于有三个大学毕业了，他们读的都是我当年不敢仰望的名校（中山大学、华南师范大学和北京理工学院），五弟高中毕业后不愿再读了。

我不想复述这期间的艰辛及我跟弟妹的感情和冲突。那太冗长了。他们对我的态度跟我对父亲的态度有相似处，既有爱和尊敬，也有恨和冷漠。他们无一不因我感到了压抑。这从反面揭示我犯了跟父亲相似的错误，尽管也有同样强烈的爱。弟妹们的压抑感一再泄露于我，让我惶恐不安。他们参加工作后，我将选择的权利交还给他们。我鼓励他们去走自己的道路。每一个人都必须找到自己的路，发现自己并最终成为那个人。这是别人无法包办的，也不能指三道四。近年来，我一直考虑这个问题，弟妹们指责我为暴君，这跟我指责父亲一样。父亲和我在对待别人时，从爱出发却让人感受到了爱的反面。这不得不让我反省。这可能是我对爱的误解和滥用。尽管我很少放弃对爱的探求、追寻和实践，但我不得要领。对子女的抚养和教育，这本来是父亲应该承担的，那么我跟弟妹的关系将自然、松散和甜蜜，将变得比较平等，也就少了更多冲突。但出于对家庭的责任及兄弟之爱，我被迫充当了“家长”的角色。

爱是恒久忍耐？爱是给予奉献？爱是牺牲和祈祷（——母亲在父亲的喋喋不休和暴君式的统治下选择了忍耐，但她近年来逐渐变得厌烦不安，她要么是让风过耳，要么出门看戏或做小生意。有时，父亲的话她一句也不想听，但她对父亲这个人并无异议，仍照顾其起居饮食并关心备至。只是厌烦了他的话语及行为。她是如何奇妙地保持这两者之间的平衡？让人匪夷所思——父亲愿意将一切给予我们，我们的感受却百味杂陈。日光使万物生长，也使草叶枯萎，田地龟裂。水滋润万物，也倾覆大船，冲缺堤坝，淹没田庄，父亲的爱泥沙俱下，乃至飞沙走石——尽管人们不再处于革命年代，也没遇上战争和流血，但牺牲的事几乎每天都在发生，我无法忘记，一九九四年秋天，当我接到大学录取通知书时，父亲决定让小学六年级的三妹及初三的二妹同时辍学，誓以举家之力供我读完大学。她们爱我。但爱有时也置换成了要求。而母亲常在土地神前为我们祈福，不管有无效果，至少心安）？……爱是什么？我无法说清楚。要谈论爱是困难的，除非你使用的是充满感情的话语，既热爱又平静，既感恩又悲悯，但你能说出的仍不得要领，触及的仅是爱的影像。正如诗是无法谈论的，除非你使用的是诗的语言，但诗的语言只存在于诗中，很难脱口而出。对于梦幻的认识亦有相似处，这三者也许是同一之事。至少，爱是神秘的，这跟诗或梦的神秘来自同一个深刻的源头。它大于一切话语，它越过一切口舌。

我写诗逾二十年，采撷了不少路边的诗之蓓蕾，仍没有抵达永恒之诗的花园。也许，只能无限靠拢而永远无法抵达。但诗给我的启迪甚多，至少让我逐渐消除暴戾，让我对爱有了更宽广的领悟及更多侧面的思考。但这依然停留在头脑里，头脑是精于计算的，那么我不可避免地想到父亲的爱和恨。我仍然无法蜕变和放松。

从少年起，我就习惯了失败和挫折。我多次对友人说，我不奢望有好事降临头上。成年之后，我决定在文学的小径一条道走到黑，不计成败，不顾得失，一意孤行，决不回头。我享受这个过程。我所选择的是荆棘和光荣并存的道路，写作太危险，太虚无（很少有比追求艺术更无用的事了），像黑洞吞噬了无数天才，对艺术的追求像是追逐幻觉的荣光。在缥缈的空中花园之上，对于那首永恒之诗，一个诗人穷尽毕生之力，顶多是无限靠拢而无法抵达，略为窥见那诗的神光就不错了，却没法抓住它，更无法用言辞来重现或复述。在这个意义上，每一位诗人都是失败者。我的人生哲学就是从失败中吸取养料，胜利总显得意外和浮泛，而失败乃正常及必然之事。我最不适应的就是攀登所谓成功的舞台，而宁愿于打击中寻求积极的意义。我有时怀疑自己是否倾向于受虐。但我不愿轻易迁就任何人而委屈内心，哪怕他是我的父亲。

有一段日子，我陷于一个封闭及偏狭的认识。我因自卑而封闭。我像一颗封闭的种子。我身体迟钝，内心敏感。我恐惧于跟人打交道，却沉浸于漫无边际的冥想中。我将果壳当成了宇宙。我在想象中破土而出，开枝散叶，长成了参天大树，缀满了花朵和果实。而我在现实中从未萌芽。一颗种子不可能看见一棵树木。除非它突破并粉碎它的边界。我一直以为自己缺乏爱的天赋，也缺乏爱的技艺。我二十多岁时遭遇过心仪的女子，但我屡遭碰壁。那个年轻人是纯净和美好的，但他无法收获爱情，犹如笨手笨脚的猎手无法捕获林间的金丝雀。他只有爱，但没有爱人。问题出在哪儿？我爱过的女人没有问题，我不能因为对方无动于衷而横加指责。她们喜欢的人不是我这种类型——具体说就是我这个人。她们不喜欢一个穷人（且略带傻气）。她们理智健全，精于算计，不是对方写几首情诗就可以打动的。“你能当官吗？你能赚钱吗？能买‘宝马’住别墅吗？你连想也没想过？而我的天生丽质配得上这些，这仅是经济基础，物质决定上层建筑，本姑娘也算是知识女性，这点道理还是懂的——”理由太多，虚缈的如缘分不够，实在的是我贫穷。

但我追求的女子中，也有精神高洁超脱世俗的优秀女性，仅用一句“不合眼缘”或“爱无法解释”的空洞话，未免失之简单。那时我愤愤不平地想，并总结教训，她们为什么不爱我却爱上了那个嘴尖皮厚腹中空的瘪三（此贬称是当时我的偏见及阴郁心情的写照，我为此向昔日情敌致歉），恐怕是她在其身上找到了爱的感觉。女子们常挂于嘴上的安全感、浪漫和开心之类，几乎就是年轻人所谓爱的全部。在这些测试中，我统统交了白卷。

有一位美人儿曾善意地说：“我很欣赏你，尊重你，你有才华。你追求简单生活的想法几乎让我动心，我也对升官发财之类充满厌烦。我以为自己是特立独行而引以为傲的。我认真考虑过你的追求，但还是忍痛割爱好了。我不怀疑你对我的爱，而是觉得你太缺乏爱的技艺了。你太拘谨，太严肃，太紧张，你不会想法子哄我开心，不会讲甜言蜜语。你不送花，不请我吃宵夜。你有说不完的话，但我觉得你躲藏于你的内心深处，让我捉摸不定。我知道你想要什么。你一有机会就跟我谈诗和哲学，你似乎从来没有考虑过我的需要并投其所好。我是女孩子啊。你这种人没有情趣，只要我稍一想象我们的恋爱关系乃至婚姻，我就毛骨悚然。我以往的几个男友，尽管没有爱情，但我的恋爱是快乐的，他们常能让我心花怒放。他们堪称完美，通过了我巧妙设置的一切考验——除了唯一的一点——那就是对爱情或对我的忠诚，也就是真心爱我。我从你激动的嗓音和热烈的目光可以看出，你心里爱我，但你只有这一点，你不可能让我快乐。我的考验你一个也通不过。事实上，我没有机会使用。譬如说我烦恼了，你如何哄我？你不懂，你也没想过。”

我无言以对。她一席话让我大开眼界，又心服口服。这就是我在女人面前失败的根源。那个女孩洞若观火。

后来她跟我好了，很快又分手。理由是我拍拖了三个月，居然连手也没拉过。我分辩说：“还是有一次的，过马路的时候。”她怒道：“莫非我是仙人掌，会扎死你？”她终究离我而去。我们不是同路人。我只能质疑她自我标榜的超凡脱俗。奇怪的是，多年之后，她约我见面说：“没有一天能忘记你，哪怕在接近空无的狂欢时刻（我能理解这句委婉而让人郁闷的话），依然浮现出你郁郁寡欢的脸庞。我交往过不少优秀男性，但我认为你是最靠谱的。”这的确是一位人间尤物，容貌过人，仪态万方，内心丰富而细腻，甚至能跟我交流精神事务。我一声叹息。

“两岸猿声啼不住，轻舟已过万重山”——李谪仙这句诗庶几表达我的心情。那时我遇见一个女子，自以为抓到了救命稻草。我们是能聊天的人，她不像她说的不快乐。她的欢笑如孔雀开屏。只是我们对快乐的理解有太多分歧。我们的恋情似是而非。那时我全心全意地爱她。我不懂得爱的本质，但用心去爱。然而，她说我缺乏技巧。这个说法困扰我多年，甚至将父爱也联系起来，是的，这句话说得不错。父亲只是盲目而固执地爱我，也缺乏技巧。

有一天，我在一本旧书中遭遇了这段奇异的话：“爱不是一种技巧。请记住，爱不是一种技巧，也不能成为技艺，如果说你把技巧用进去，你就败坏了爱。西方世界正在这么做，在西方，性爱技巧比比皆是，每一个都从书本上学习怎样做爱，怎样提高做爱质量和技巧，怎么获得更大的性快感，诸如此类。所有这些东西——有许多书提供这些东西——正使人们变得无能……”这段话让我茅塞顿开。这段话指出爱不是技巧、不是设计和计算，也说出了爱产生的途径，但仍没有穷尽爱的奥秘更没有精确地命中核心。爱是最大的神秘。爱因斯坦曾说，最大的秘密是宇宙的存在和它的被理解。这句话同样适合于对爱的谈论。凡是真正的神秘，触及源头的事物，能被人类符号化、隐喻化已属万幸，它不可能被说出，能说清楚的东西从来只是表象。“爱不是技巧”也许不是真理，于我却有解毒之效，于刹那间将我的自卑、负疚祛除了。

于是，我渐渐能理解父亲对我的爱，深沉，强烈，不计回报，不顾后果，没有技巧，但更没有虚情假意。我忽然注意到，尽管从小到大，父亲从自己的认识和判断出发（其间每多充满谬误而让我难受），决定我应该做什么或不应该做什么，应该走这条路还是那条路（在每一样事物及每一条道路面前，都会及时出现父亲的身影、双手及舌头）。然而，不管结果如何，他从来没有指责我，呵斥我，更不唾弃我，而是安慰我，鼓励我。当下一次出现类似情况时，他仍固执己见，决不让步。

父亲希望我能放松及愉快，尽管他不得要领，乃至适得其反。这点我忽略了。而这点何其重要，我偏偏没有学会，在十多年对弟妹的所谓“管教”当中，我对他们的指责与肯定平分秋色，对他们的赞美与批评交替进行。这给他们带来的压抑远超出我的估计。父亲的爱仍是自然、深沉而博大的。当这灌注我的心灵，我也就具有了善良和爱的能力，这深刻地影响了我的天性。我像双手接过巨石那样将这种天性接过来。这也许是我成为诗人的根源？我的诗从不同的路径试图抵达并触及爱的奥秘，这显得徒劳，但带上了爱的芬芳。有人对我说，在我二〇一〇年底出版的诗集《陌生人诗篇》中，没看到我有什么情诗，但每一行都能看到爱，那是陌生而奇异的爱，尽管你自称“我是你们的陌生人”，但你心中有爱。只要有一个这样的读者，我的写作就并非全无意义。我能感受到父爱，也就能认识到父亲。尽管仍有不堪忍受的时刻以及争拗，但我从未真正厌恨他，每次总能和解。我跟父亲、村庄乃至世界的无条件和解，使我终得安宁。不管我是好是坏，是高贵还是卑贱，我的生命都是父亲给的，我乃他的创造之物，他是我的创造者。毕竟，这个世界上，像他那样爱我的人，还有谁呢？

2011 年 6 月 15 日初稿于广州

2012 年 6 月 15 日二稿于广州

2013 年 10 月 18 日定稿于广州

后记

岁月与往事如繁星浩荡……
——编者与作者的对话

周山丹（以下简称“周”）：你最为人熟知的身份是诗人黄金明，此前也出版过长篇散文《少年史》及随笔集《乡村游戏》，追忆了作为南方少年的成长史，给我们带来关于乡野趣味的美好回忆。这一次推出的力作《与父亲的战争》，也跟乡村及少年有关，但给我们带来了很不同的阅读感受，在气势磅礴的叙述中，展现了惊心动魄的思想事件，形式质朴而难掩锋芒。我们很好奇这本书是如何孕育并诞生的。

黄金明（以下简称“黄”）：该书的诞生是一个意外。我的写作带有很大的偶然性。我不知道下一本何时动笔、要写什么——我只是持着铁风筝去捕捉天空的闪电，而难以预测及控制其后果。套用法国作家基尼亚尔的话说：“我在读写中有一种不寻求达到目的的等待。读书就是漫步。写作就是游荡”。

二十年来，我在诗、散文和小说这三条路上交替奔走，犹如猎手常捉到意外的猎物。诗集及散文集各出版了几部，中短篇小说也在《花城》《钟山》《中华文学选刊》等发表了五十多篇，逾二百万字。《少年史》在读书界影响较大，获得首届广东省青年文学奖；《乡村游戏》则被誉为童年之书，唤醒了一代人的记忆。

在二〇一一年初春，我从广州回到出生地。村巷空无一人，田园面目全非，一座逾三百年的村庄仿佛一艘搁浅多年的大船，在沉寂中缓慢地磨损、朽坏。我觉得自己有责任为出生地再写几本书。上述诸书跟我刚脱稿的长篇散文《田野的黄昏》《凤凰村简史》构成了“岭南乡土”系列散文五部曲（即“乡土五书”）。

父亲很爱我，我却感到压抑。他的背后是积淀了数千年的家长制。肯定是某个根源出了问题。本书的任务之一，就是探查这个问题的真相。

周：此书开篇叙述了凤凰村往事，以此篇为书写的切入口，为什么会做这样的安排？

黄：人总有他的来路。我在写成《少年史》十年后，又听到了故土传来的挽歌：村庄正在荒废乃至消失，溪流、田垌、森林、庄稼、祠堂、庙宇、学校、桥梁、井台、戏台、池塘、屋巷、房舍、牛棚和猪栏，人、鸡和狗，野生的草木，野兽、蛇蛙、鸟雀和各式各样的昆虫……这一切在流失和消逝。它的历史、文化和风俗乃至相关的一切，也在不断遭到磨损、削减并坠入遗忘。它只剩下墓地及遗址。三十年来，我见证过它金色晚霞般的光辉，也感受到有如落日急速下沉的绝望。我在纸上建筑另一个村庄对抗遗忘的想法，显得徒劳，但让人安慰。

由此，我近年来投入“乡土五书”的写作，是为了给故乡留下一份文学性的记录，除了写山水田园，对农事或乡村生活的书写更是重心，譬如本书就侧重于写家庭与伦理。村庄是农人生活的环境及背景，如果不作交代，就无法理解这些人的内心世界。关于故园人与事的书写，贯穿了“乡土五书”包括《与父亲的战争》的写作，开篇概述凤凰村，就起到了提纲挈领的作用。

周：故土给人带来最初的生存经验和成长记忆，对于你来说，南方的自然事物、乡村生活，也许对塑造你的精神世界有渗入骨髓的影响？在该书中，我们每每看到风景与人的相互渗透、融合及疏离，写得生动逼真，有时，人甚至成了风景中的主体。岁月与往事没有随风飘逝，而是沉淀于你的心底，所以我们才看到了这些关于乡村与大地的挽歌式书写。

黄：正是这样的。我作为一个乡村美学和农民意识的反叛者出生于粤西乡间，跟随父母耕种到二十岁，直到一九九四年考上省城的大学才离开村庄。我二十岁时发现了一个“农民定理”：农民意识操纵着一切，无论做什么事，都要看一看有没有用，实用主义是唯一的法则。用它来分析中国的问题，真是放之四海而皆准。是谁造成了农民及其后人的悲剧？我必须承担农民的耻辱，也要有对农民意识的反对。与其说这是我的背景，毋宁说这就是每一个中国人的背景与现实。

大自然塑造了我的心灵。家乡的建筑、作物、草木、风土、器具、生灵以及春种秋收的细节仍历历在目。村庄的节日、做社、游神及各种游戏也让我沉湎其中。在记忆的夜空，岁月与往事如繁星浩浩荡荡……我在乡村“既有爱也有污秽凄苦”。尊奉丛林法则的乡村生涯，使我谦卑和忧郁。父亲与人为善的言传身教，却使我懂得了生命中的爱、自由与欢笑……我在生活上崇尚极简主义，与世无争，但追求精神自由。在工作上几经调整，从教书、编辑等岗位到搞专业写作，无意于升迁及致富，而是为了内心安宁。作为在乡村出生并成长的一代，乡土是我在现实及精神上的故乡。我为此写过大量作品。除了散文“乡土五书”，还有诗集《陌生人诗篇》及小说集《默杀》等多种。

周：你的父亲是一个农民，却学医、搞发明、热衷于写作，在村里的人看来，格格不入，显得很另类。你如实写出了这种情况，但似乎又对某些看法不以为然。

黄：我父亲其实还是一个传统意义上的农民，类似于诗书耕读的古代农夫。但这个传统必须远溯至农耕文明的黄金时代，事实上，当工业怪兽从大地及乡村呼啸而过，拜物教甚嚣尘上，连知识分子也全线溃退，农夫又岂能不斯文扫地？我父亲走不出时代或农民群体的局限性，又跟时代的弄潮儿如乡镇企业家、包工头之类背道而驰，却对创造性的生活及古老文化抱有向往之心，遂成为时代的异端或失败者。

但这只是乡里人对他的看法或解读。他远比我所能描述的要复杂。我对海明威的冰山理论深信不疑。有心人若稍加探寻，“看到”的将不仅是露出海面八分之一的冰山尖，还有更多我没形诸笔墨的。他对生命意识有所觉醒，他年轻时按内心意愿塑造生命而不得，但毕竟努力过。他不合时宜。农民看重的只是果实，那些漫山遍野的花朵多么浪费！他集合了种种悖论于一身，诸如怯懦与勇敢，执着与放下……他属于世上最伟大的父亲之列，但也使我内心堆积阴影……他善良宽容，精神独立，尽可能不依赖他人及事物。这也许是我成为诗人的根源？我的诗试图从不同路径抵达并触及爱的奥秘。

周：你父亲年少时爱好广泛，有不少梦想，也尝试从农村中出走，想过去航海，更为建造理想的房子劳心劳力，最终却一事无成。这样的父亲形象，在中国的广大农村中算是典型吗？

黄：从种种成功学的标准来看，父亲当然是一个失败者。他压根就不想追求世俗意义的成功，而专注于心灵自由，尽管这种精神性的追求是原始的、朴素的，更没有什么建树。他的失败，却庶几接近于我对成功的理解，这种“成功”不可能属于大多数。无论在哪个时代，这样的人都不会很多。父亲顽强地按照自己的意愿去生活，尽管屡遭挫折，但他最看重的几件事，经过汗水乃至血泪的浇灌，总算开花结果，取得了好收成。也许，我无意中将他的失败写成了“成功”。父亲与世无争的“失败”哲学给我带来深入骨髓的影响，由此我平素行事很少带有功利心或目的性。我向来以父亲这样的失败者自居。

我觉得，如果他能接受完备的教育，他的人生必将有更多的可能性。当然，这只能是假设了，但我们不应忽视：没有选择的可能性，这就是父亲这一代人的悲剧，也许这种悲剧性仍在当下延伸。从这个意义上说，我父亲在中国广大农村又确实具有普遍性。在乡间，曾经有多少个才华横溢而志存高远的年轻人，犹如山花或火把在深山独自发光、燃烧，最终在漫漫长夜中耗尽血肉而无声无息地熄灭？

周：书中你对父亲的态度经历几个不同的阶段，从孩童时的“模仿者”，到少年时的“反抗者”，转折颇大，到后来父子间逐步走向理解，为什么会有这样的转变呢？

黄：父亲爱好不少，如自学堪舆、中医等，善良、正直，有勇有谋，开创村中乃至全县分单干的历史。像他这样耿直的人，在弱肉强食的乡村乃凤毛麟角。我童年时甜蜜而压抑，不自觉地成为父亲的“模仿者”，少年时烦恼且反抗，成年后逐渐懂得了父爱的深沉、博大，这很正常。父子关系有爱也有压抑，可回溯至中国传统伦理的根源。父与子的冲突是永恒的文学母题，也再现了我成长的必经之途。我试图写出中国式父子关系的普遍性。“峰回路转”是书写的必要，也是真实反映。本书是写家庭及亲情的，但也旁涉人与人、人与自然、人与现实或时代的关系。

周： 父亲的爱，常有温馨的时刻，有时却是简单粗暴的，甚至“令人窒息”，两代人之间的心灵必然存在互动、冲突、和解，如今你为人父亲，能够更充分地理解他吗？你通过读书进城的方式走出了乡村，父亲对此有什么影响？

黄： 三十多年来，跟父亲的冲突基本停留在嘴上。那是话语的交锋，唇舌的风暴，是观念及想法上的分歧、争执乃至碰撞。父亲固执己见，寸步不让。他自以为真理在握，倘若我不服从那将有麻烦乃至灭顶之灾。他不惜一切代价，绝不肯退让。令我最为压抑的是，这也不准那也不准，这构成了我童年中的暗影。我的所谓“反抗”，也就是争取自由选择的权利而已。是的，我近年来更能理解父爱，深沉、强烈、不计回报、不顾后果。他以自己的方式爱子女，尽管有时让人难受，像生命中不能承受之重，近乎压抑和禁锢，但这都不重要了。毕竟，像他那样爱我们的人，还有谁呢？他没有一刻不在为子女操心。也许，身为人父之后，会更懂得做人儿子。

至于我能走出乡村，我不知道个人努力或父亲影响占有多大的比重，但我想归功于命运女神的眷顾是合适的，太偶然了。我乡下的小伙伴纷纷在残酷的命运壕沟前仆倒而万劫不复。乡村少年的命运凸现了巨大的悲剧性和不公平，这跟生活在中国乡土最底层的祖辈是一脉相承的。不过，如果父亲不是培养我读书，而是早早让我去打工，那后果就会很严重。

周：我注意到，文中多次提及农民生存的压力。在以往的访谈中你说："中国乡村只有生存哲学，没有生存诗学。"如何理解这句话？但是，同时我也发现，本书随处可见诗性的言说，在贯注着悲悯、同情与爱的基础上，不少片断像诗句那样优美，简洁，有力，直取核心，有着钻石的硬度、密度和光泽。此书将象征、隐喻及白描糅合为一，在细部上绵密精细，但整体上仍是一个巨大的象征系统。你曾在访谈中说，"我对诗有个想象：它是铀中之铀，来自矿石；它是酒中之酒，来自食粮。诗是大神秘。我只能无限靠拢而永远无法抵达"，诗性的获取，似乎要经过某种类似于魔法的神奇转化或提炼，你又是如何从日常经验或往昔的苦难中结晶诗意的呢？

黄：你说得非常好。在无视乡村生存现实的前提下，所有关于乡村的文学都是野蛮的。田园牧歌或乡村美学，在中国乡村往往是一种幻觉。在乡村或城市谋生的农民可悯复可悲，他们是轮胎下的路面与尘埃。当农民像鸟群扑向城市时，等待他们的不是金黄谷实，而是呵斥和驱赶。他们从不是城里人，又无法返回故园。这些正在丧失土地的人，只有逢年过节才返回家乡，仿佛维系着他们的只有坟墓中的祖先和神祇的庇佑。当下中国的现实是，建立在土地伦理和农耕文化基础上的农业社会已分崩离析，而工业时代的诸种福音又难以惠及农民及其子孙。他们缺乏资本，也没有技术，不仅在经济上赤贫，在文化上同样匮乏，属于喑哑的人群。他们发不出声音。

我很高兴你谈及诗性，这其中也蕴藏了我的写作抱负或秘密。从往昔中提炼诗意，苦难才借此成为养料。诗性是超验的，其核心是神秘，诗性的诞生及其诞生的方式也必将是神秘的。这有点像将粮食转化成美酒。按布罗茨基的说法，诗性来自于对日常经验的玄学化，也就是神秘化。诗人必须掌握语言的炼金术。我在话语上尽可能注重创造性，也就是每一个句子都必须穿透事物及对象，并同时在语言、思想、体验及情感诸向度上具备应有的速度、力量和深度，否则无以为诗。诗如闪电，力量、速度、强光都是同时存在的。这要求作者必须像外科医生一样冷静，像神枪手一样准确，像时间一样公正，像洪水覆盖河床那么全面……但对于这样一本纪实性很强的书，还需要像法律条文一样清晰和手风琴一样低沉。

当然，在我的乡亲父老解决基本的生存问题之前，谈论诗意仍太奢侈，我更注重现实感。我认为在苦难中结晶出的诗性，犹如淤泥上绽放的莲花，在荷尔德林所说的“世界之夜”（工业时代的雾霾覆盖了天空、山水与村镇，“人诗意地栖居在大地上”，仍是空中楼阁?）到来之际，必像星辰给人类带来光辉和抚慰。

周：确实，由于本书的诗性特质，极大拓展了审美空间，使其出现了多种阐释的可能，不仅以浓烈的情感及不留情面的解剖及自剖打动了我们，还使我们获得了阅读的愉悦。由于其对现实和时代的思考严肃而深入，又跟那些隔靴搔痒的所谓乡村美文划清了界线。它简单又复杂。它锤炼又敞开。本书写出了人对时间流逝的反应，写出了让人喟叹的命运感。该书对时间的处理也有独到之处，因而出现了打破线性叙述的复调叙事及网状结构，既相互交织，又有条不紊。我们认为，这样的结构有很强的实验性，却又自然而然，这似乎跟传统散文说的“形散神不散”仍有传承。

黄： 你说得很对。我不太注重形式上的外观，但我注重写作的先锋精神。该书的结构确实得益于我对时间的理解。时间从来就是一个整体，年月日之类恐怕仍是人为切割的幻象，那么，一个建筑于时间基础上的记忆性文本，就最好也浑然一体，犹如首尾循环的时间之圆。

周： 你到广州求学、工作、生活近二十年，与此同时与故乡凤凰村保持着丰富而深刻的联系，不间断地追述你在其中的经历与见闻。你觉得这本以回忆为主的散文集，对自己、对父亲，对故乡，有什么价值和意义？

黄： 本书除了回忆，还有对当下现实的揭示与呈现，它不是基于线性时间上的简单回溯，而是对故土人与事的整体打量。我写此书以了解自己、了解父亲，并考察中国式的家庭及父子关系。

为出生地写一本书，犹如还清旧债，心情愉快。在本书中，我试图以村庄为背景，从自然学、人类学、历史学、心理学及哲学诸角度切入，通过揭示故乡沦陷的根源，呈现中国农耕文明逐渐崩溃乃至解体的悲怆历程，并探寻新一代农民的生活方式。本书除了书写蕴含独有民间文化的风物、风俗、伦理及自然景象外，须臾不离人的劳作、种植及养殖，诸条线索是拧绞而为一体的。我算不上博物学者，但笔下的自然、野物、农事乃是亲身体验，亦能见出奇思及异趣，个人的成长、觉悟及生命感贯穿全书。

周：父亲是本书最重要的人物。你觉得，当你父亲在阅读此书时，他会怀有怎样的心情？

黄：父亲一直很关心本书的出版。他不仅是本书的主角，也算是作者之一，他的经历、记忆和体验构成了此书的主体，有的片断来自他的口述，我只充当了记录者的角色。他将在书中看到一个熟悉的陌生人，一个过去年代的他，一个清晰而逼真的镜中人。他可能是我最忠实的读者。除了我的诗，小说及散文都会看一下。他抱怨说，越来越看不懂了。但我想他一定会珍爱这本书，会翻来覆去地阅读，将自己跟书中那个充满悖论的人相对照，并找出相同与差异。

周：我留意到，这部书稿入选了2013年度中国作家协会作家定点生活扶持项目，部分章节曾在《散文》《随笔》《花城》《作品》《天涯》等杂志发表，也引起了评论家的关注。现在该书正式出版了，你有什么要跟读者说的吗？

黄：该书在它的童年受到了好心人的眷顾，这让人欣慰，现在长大成人，走上了自己的道路。一个作家（或一本书）的诞生，是天地间的造化。一本书也像人一样，自有它的命运，我无法预测，但也希望它在人世间获得知音。每个作家都有他的理想读者。理想读者有让人敬畏的水准，属于那“无限的少数人”。我尊重读者的方式，就是做好手艺活，而无暇他顾。

2014 年 1 月 12 日于广州